COLLECTION FOLIO

La capitale du monde 11

L'heure triomphale de Francis Macomber 39

Ernest Hemingway

La capitale du monde

suivi de

L'heure triomphale
de Francis Macomber

*Traduction de l'américain
par Marcel Duhamel
revue par
Marc Saporta*

Gallimard

Ces nouvelles sont extraites du recueil *Les neiges du Kilimandjaro et autres nouvelles* (Folio Bilingue n° 100).

© *Hemingway Foreign Rights Trust.*
© *Éditions Gallimard, 1946, pour la traduction française et 2001 pour la traduction revue.*

Ernest Hemingway est né le 21 juillet 1899 dans l'Illinois. Son père est un médecin réputé pour sa bonté, grand chasseur et amateur de pêche, sa mère est une femme de caractère. Très jeune, il commence à écrire et, dès l'âge de dix-neuf ans, il est nommé rédacteur au *Kansas City Star* où il apprend la concision et l'objectivité. Il s'engage en 1918 comme ambulancier à la Croix-Rouge et découvre l'Europe en guerre. Gravement blessé, il est hospitalisé à Milan où il tombe amoureux d'Agnes von Kurowsky, une jeune infirmière anglaise qu'il veut épouser. Mais elle lui préfère un officier italien et Hemingway, désenchanté, rentre aux États-Unis avec le manuscrit de *L'adieu aux armes*, magnifique roman d'amour et de guerre, directement inspiré des drames qu'il vient de vivre. Devenu journaliste à Toronto, il épouse en 1921 Hadley Richardson et part pour Paris comme correspondant de presse. Dans la capitale française des Années folles, le jeune couple fréquente Ezra Pound, Francis Scott Fitzgerald, Gertrude Stein... Il met en scène Montparnasse et l'Espagne de l'après-guerre dans *Le soleil se lève aussi* en 1926 et *Paris est une fête*, qui ne paraîtra qu'après sa mort. La même année, il divorce pour épouser Pauline Pfeiffer. Après l'annonce du suicide de son père, il emmène sa jeune femme en Afrique d'où il revient avec deux textes magnifiques : *Les vertes collines d'Afrique* et *Les neiges du Kilimandjaro*. De retour aux États-Unis, il s'installe à Key West, une île au large de la Floride, où il s'adonne à la pêche au gros, expérience dont il tirera *Le vieil homme et la mer*. La guerre d'Espagne le ramène en Europe comme correspondant de guerre. L'Espagne sera le théâtre d'un autre roman, *Pour qui sonne le glas*, qui associe intrigue amoureuse et sacrifice héroïque. Il rencontre une journaliste, Martha Gellhorn, qu'il épouse en 1938, mais ce mariage ne dure que quelques années. Pendant la Seconde Guerre mondiale, il « patrouille » dans les eaux cubaines à la recherche de sous-marins, puis couvre le combat de l'Angleterre contre les nazis et la libération de la France comme correspondant de presse. En 1945, il épouse Mary Welsh. De retour à Cuba, il publie *Le vieil homme et la mer* pour lequel il reçoit le prix Pulitzer en 1953. L'année suivante, c'est le prix Nobel qui lui est décerné. Miné par l'alcool et la fuite de l'inspiration, Ernest Hemingway se suicide en 1961.

Auteur de six romans et d'une cinquantaine de nouvelles, Ernest Hemingway a laissé une légende, qu'il a édifiée lui-même : celle de l'homme d'action, de l'aventurier bon buveur, dédaigneux de la littérature et des effets de style.

Lisez ou relisez les livres d'Ernest Hemingway en Folio :

LE VIEIL HOMME ET LA MER (Folio n°s 7 et 6487)

LES NEIGES DU KILIMANDJARO *suivi de* DIX INDIENS *et autres nouvelles* (Folio n° 151)

PARADIS PERDU suivi de LA CINQUIÈME COLONNE (Folio n° 175)

MORT DANS L'APRÈS-MIDI (Folio n° 251)

LES VERTES COLLINES D'AFRIQUE (Folio n° 352)

CINQUANTE MILLE DOLLARS (Folio n° 280)

EN AVOIR OU PAS (Folio n° 266)

PARIS EST UNE FÊTE (Folio n° 465)

AU-DELÀ DU FLEUVE ET SOUS LES ARBRES (Folio n° 589)

L'ÉTÉ DANGEREUX (Folio n° 2387)

EN LIGNE (Folio n° 2709)

LE CHAUD ET LE FROID (Folio n° 2963)

LES NEIGES DU KILIMANDJARO *et autres nouvelles* / *THE SNOWS OF KILIMANDJARO and other stories* (Folio Bilingue n° 100)

LA VÉRITÉ À LA LUMIÈRE DE L'AUBE (Folio n° 3583)

LE VIEIL HOMME ET LA MER / *THE OLD MAN AND THE SEA* (Folio Bilingue nº 103)

CINQUANTE MILLE DOLLARS *et autres nouvelles* / *FIFTY GRAND and other short stories* (Folio Bilingue nº 110)

L'ÉTRANGE CONTRÉE (Folio 2 € nº 3790)

HISTOIRE NATURELLE DES MORTS *et autres nouvelles* (Folio 2 € nº 4194)

LA CAPITALE DU MONDE *suivi de* L'HEURE TRIOMPHALE DE FRANCIS MACOMBER (Folio 2 € nº 4740)

LES FORÊTS DU NORD / *THE NORTHERN WOODS* (Folio Bilingue nº 157)

UNE DRÔLE DE TRAVERSÉE (Folio 2 € nº 5236)

ÎLES À LA DÉRIVE (Folio nº 5259)

PARIS EST UNE FÊTE (Folio nº 5454)

LE SOLEIL SE LÈVE AUSSI (Folio nº 221)

POUR QUI SONNE LE GLAS (Folio nº 455)

LE JARDIN D'ÉDEN (Folio nº 3853)

UN CHAT SOUS LA PLUIE *et autres nouvelles* (Folio nº 6312)

LES AVENTURES DE NICK ADAMS (Folio nº 6311)

L'ADIEU AUX ARMES (Folio nº 27)

LA CAPITALE DU MONDE

Madrid est plein de garçons nommés Paco (Paco est le diminutif de Francisco) et l'on raconte en ville l'histoire du père qui vint à Madrid et fit paraître dans les petites annonces du journal *El Liberal* les lignes suivantes : « Paco, viens me voir hôtel Montana mardi midi. Tout est pardonné. Papa. » À la suite de quoi il fallut mobiliser tout un escadron de la Guardia Civil pour disperser les huit cents jeunes gens qui avaient répondu à l'annonce. Mais le Paco dont il s'agit, qui servait à table à la pension Luarca, n'avait pas de père qui pût lui pardonner, ni rien fait qu'un père eût à lui pardonner. Il avait deux sœurs plus âgées, toutes deux femmes de chambre à la Luarca, et qui devaient cette place au fait qu'elles venaient du même petit village qu'une ancienne femme de chambre de la Luarca, laquelle s'était montrée honnête travailleuse, faisant ainsi la renommée de son village et de ses produits ; ses sœurs avaient payé son voyage dans l'autocar de Madrid et lui avaient trouvé cet emploi de commis de restaurant. Il venait d'un village d'Estrémadure où les conditions de vie étaient incroyablement primitives, la nourriture chiche et le confort totalement inconnu, et il avait travaillé dur, du plus loin qu'il pouvait se le rappeler.

C'était un garçon bien bâti, aux cheveux très noirs assez frisés, de bonnes dents, une peau que ses sœurs lui enviaient et un sourire spontané et sans mystère. Il était preste, faisait bien son travail et aimait ses sœurs qu'il trouvait belles et sophistiquées ; il aimait Madrid, qui était toujours un endroit incroyable à ses yeux, et il aimait son travail, lequel, effectué dans un lieu bien éclairé, sur des nappes propres, en habit de soirée, avec une nourriture abondante à la cuisine, lui apparaissait sous un jour romanesque et merveilleux.

Il y avait huit à douze personnes qui habitaient la Luarca et qui prenaient leurs repas à la salle à manger, mais, aux yeux de Paco, le plus jeune des trois serveurs, les seuls qui comptaient vraiment étaient les toreros.

Les matadors de deuxième ordre habitaient

la pension parce qu'elle se trouvait dans la Calle San Jerónimo, une rue réputée, que la nourriture y était excellente et le prix de la pension complète peu élevé. Pour un torero, il importe de donner l'apparence, sinon de la prospérité, tout au moins de la respectabilité, car les manières et la dignité ont le pas sur le courage dans l'échelle des vertus les plus hautement estimées en Espagne. Aussi les toreros restaient-ils à la Luarca tant qu'ils avaient encore une peseta en poche. Jamais on n'a vu un torero quitter la Luarca pour habiter un hôtel meilleur ou plus cher; un torero de deuxième ordre ne devient jamais un torero de premier ordre; mais la descente de la Luarca était rapide du fait que le premier venu pouvait y loger s'il gagnait le moindre argent et que jamais on ne présentait de note au client sans qu'il l'eût demandée, jusqu'à ce que la logeuse jugeât que la situation était vraiment désespérée.

Au moment qui nous occupe, il y avait trois matadors en titre qui habitaient la Luarca, en même temps que deux très bons picadors et un excellent banderillero.La Luarca était un endroit luxueux pour les picadors et les banderilleros qui devaient se loger à Madrid durant la saison de printemps, laissant leurs familles à Séville ; mais ils étaient bien payés et avaient un emploi stable au service des toreros qui avaient signé beaucoup de contrats pour la saison prochaine, et chacun de ces trois subalternes se ferait probablement plus d'argent qu'aucun des trois matadors. Des trois matadors, l'un était malade et cherchait à le cacher ; l'autre avait laissé passer le bref engouement qu'il avait produit quand on le considérait comme une curiosité, et le troisième était un poltron.

Le poltron, à un moment donné, jusqu'à ce qu'il eût été blessé au bas-ventre par un coup de corne singulièrement atroce, tout au début de sa première saison comme matador en titre, s'était montré exceptionnellement courageux et remarquablement adroit, et il avait conservé une bonne partie des manières cordiales dont il faisait montre dans ses jours de succès. Il était jovial à l'excès et riait constamment avec ou sans raison. Au temps de sa célébrité, il avait eu un goût prononcé pour les bonnes farces, mais il y avait renoncé depuis. Les blagues exigeaient une assurance qu'il ne ressentait plus. Ce matador avait un visage intelligent et très ouvert et il se comportait avec beaucoup d'allure.

Le matador qui était malade prenait grand soin de ne pas le laisser voir et veillait scrupuleusement à ne laisser passer aucun plat à table sans en manger un peu. Il possédait une grande quantité de mouchoirs qu'il lavait lui-même dans sa chambre et tout récemment il avait vendu ses habits de lumière. Il en avait vendu un, à bas prix, avant Noël, et un autre la première semaine d'avril. Ces costumes avaient coûté fort cher, avaient toujours été soigneusement entretenus, et il lui en restait un. Avant de tomber malade, il avait fait des débuts prometteurs, sensationnels même et, bien que ne sachant pas lire, il gardait des coupures de presse où l'on disait que pour ses débuts à Madrid il avait été meilleur que Belmonte. Il mangeait seul à une petite table et ne levait que rarement les yeux de son assiette.

Le matador qui avait produit un bref mouvement de curiosité était très petit, très brun et très digne. Il prenait lui aussi ses repas seul à une table séparée, souriait rarement et ne riait jamais. Il venait de Valladolid, où les gens sont extrêmement sérieux, et c'était un matador compétent, mais son style avait vieilli avant qu'il n'eût réussi à se faire aimer du public par ses qualités qui étaient le courage et une assurance faite de compétence — si bien que son nom sur une affiche n'attirait plus personne aux arènes. Son originalité tenait au fait qu'il était si petit qu'il ne voyait guère par-delà le garrot du taureau, mais il y avait d'autres toreros très petits et il n'était jamais parvenu à gagner les faveurs de la foule.

Des picadors, l'un était mince, avec un profil de vautour, grisonnant, assez léger de carrure, mais avec des bras et des jambes d'acier ; il portait toujours des bottes de bouvier sous ses jambes de pantalon, buvait trop tous les soirs et lançait des regards énamourés à toutes les femmes de la pension. L'autre était immense, très brun, sombre de visage, beau garçon, avec une chevelure d'Indien et des mains énormes. Tous deux étaient de très bons picadors, bien que le premier passât pour avoir gaspillé la plus grande partie de ses dons à boire et à mener une vie dissolue, et que le second fût réputé pour être trop entêté et trop querelleur pour rester plus d'une saison avec n'importe quel matador.

Le banderillero était un homme d'un certain âge, grisonnant lui aussi, vif comme un chat en dépit des années et qui, assis à table, avait l'air d'un homme d'affaires modérément prospère. Ses jambes étaient encore bonnes pour la saison à venir et quand elles le lâcheraient, il était assez intelligent et assez expérimenté pour être assuré d'un emploi régulier pendant longtemps encore. La différence serait qu'une fois son jeu de jambes parti, il aurait toujours peur, alors que maintenant il restait calme et sûr de lui dans l'arène comme en dehors de l'arène.

Ce soir-là, tout le monde avait quitté la salle à manger, sauf le picador au profil d'aigle qui buvait trop, le vendeur de montres aux enchères dans les foires et marchés, au visage criblé de taches de naissance, qui lui aussi buvait trop, et deux curés de Galice assis à une table de coin qui buvaient, sinon trop, du moins suffisamment. À cette époque, le vin était compris dans la pension complète, à la Luarca, et les garçons venaient à l'instant de servir de nouvelles bouteilles de valdepeñas sur les tables — au marchand de montres, puis au picador, et enfin aux deux prêtres.

Les trois garçons se tenaient à un bout de la salle. D'après le règlement de la maison, ils devaient tous rester de garde jusqu'à ce que les dîneurs assis aux tables dont le service leur incombait fussent tous partis, mais celui qui servait à la table des deux prêtres devait aller à une réunion anarcho-syndicaliste et Paco avait consenti à le remplacer.

Là-haut, le matador malade était allongé sur le ventre, tout seul sur son lit. Le matador qui n'était plus une curiosité était assis et regardait par la fenêtre, avant d'aller faire un petit tour à pied jusqu'au café. Le matador qui était un poltron avait avec lui dans sa chambre l'aînée des sœurs de Paco et essayait de l'amener à faire quelque chose qu'en riant elle se refusait à faire. Ce matador disait : « Allons, viens, petite sauvage.

— Non, répliquait la sœur. Pourquoi est-ce que je le ferais ?

— Pour me faire plaisir.

— Maintenant que vous avez assez mangé, vous me voulez comme dessert.

— Rien qu'une fois. Quel mal y a-t-il à ça ?

— Laissez-moi. Laissez-moi, voulez-vous ?

— C'est si peu de chose.

— Je vous dis de me laisser. »

En bas, dans la salle à manger, le plus grand des garçons, qui était en retard pour le meeting, fit : « Regardez-les boire, ces cochons noirs ! »

— Ce n'est pas bien de parler comme ça, dit le deuxième garçon, ce sont des clients très convenables, ils ne se saoulent pas.

— Pour moi, c'est très bien de parler comme ça, répondit le grand. Il y a deux malédictions en Espagne : les curés et les taureaux.

— En tout cas, pas un curé en tant qu'individu, ni un taureau en tant qu'individu, répliqua le deuxième garçon.

— Si, fit le grand. C'est seulement par l'individu qu'on peut attaquer la classe. Il est nécessaire de tuer le taureau individuellement, et le prêtre individuellement. Tous. Après ça il n'y en aura plus.

— Garde ça pour le meeting, fit l'autre garçon.

— Quelle horreur, cette ville de Madrid, reprit le plus grand des garçons. Il est maintenant onze heures et demie sonnées et ceux-là sont encore en train de s'empiffrer.

— Ils n'ont commencé à manger qu'à dix heures, fit l'autre. Tu sais bien qu'il y a beaucoup de plats. Ce vin est bon marché et ces deux-là l'ont payé. Ce n'est pas du vin qui monte à la tête.

— Comment peut-on s'attendre à trouver

de la solidarité entre les travailleurs avec des imbéciles comme toi ? demanda le grand.

— Écoute, fit le deuxième garçon, un homme d'une cinquantaine d'années, j'ai travaillé toute ma vie. Il faudra que je travaille tout le reste de mon existence ; je n'ai rien contre le travail. C'est normal de travailler.

— Oui, mais le manque de travail tue.

— J'ai toujours travaillé, fit le plus vieux. Va donc au meeting. Tu n'as pas besoin de rester.

— Tu es un bon camarade, dit le grand. Mais tu manques totalement d'idéologie.

— *Mejor si me falta eso que el otro*, fit l'autre (autrement dit : il vaut mieux manquer de ça que de travail). Va-t'en au *mitine*. »

Paco n'avait rien dit. Il ne comprenait rien encore à la politique, mais toutes les fois qu'il entendait le grand parler de la nécessité de tuer les prêtres et la Guardia Civil, cela l'électrisait. À ses yeux, le grand serveur représentait la révolution et la révolution était aussi quelque chose de romanesque. Pour lui, il voulait être un bon catholique, un révolutionnaire, et avoir un emploi régulier comme celui-ci, tout en étant, par ailleurs, un torero.

« Va au meeting, Ignacio, fit-il, je ferai ton boulot.

— Nous serons deux, fit le plus âgé des garçons.

— Il y en a à peine assez pour un, dit Paco. Va au meeting.

— *Pues me voy*, dit le grand. Et merci. »

Entre-temps, là-haut, la sœur de Paco s'était dégagée de l'étreinte du matador aussi habilement qu'un lutteur se libérant d'une prise et lui disait, fâchée à présent : « Voilà comment ils sont, les frustrés. Un torero raté. Avec des tonnes de peur. Si vous en avez tant, de ce qu'il faut, montrez-le dans l'arène.

— C'est bon pour une pute de parler comme ça.

— Une pute est une femme, tout comme une autre, mais je ne suis pas une pute.

— Tu en seras une.

— Pas par votre faute, en tout cas.

— Laisse-moi, dit le matador qui, éconduit et rabroué, sentait maintenant sa frousse lui revenir dans toute sa nudité.

— Vous laisser ? Qu'est-ce qui ne vous a pas laissé ? dit la sœur. Vous ne voulez pas que je refasse votre lit ? Je suis payée pour ça.

— Laisse-moi, dit le matador, son large

visage de bellâtre crispé comme s'il allait pleurer. Espèce de pute ! Espèce de sale petite pute !

— Matador, dit-elle en refermant la porte. Mon matador. »

Dans la chambre, le matador était assis sur le lit. Il avait encore sur le visage cette crispation dont il faisait, dans l'arène, un sourire perpétuel, effrayant pour les spectateurs du premier rang qui savaient à quoi s'en tenir. « Et ça, disait-il, à haute voix. Et ça. Et ça ! »

Il se rappelait le temps où il avait été bon, et cela ne remontait qu'à trois ans. Il se rappelait le poids de son habit d'apparat brodé d'or sur ses épaules, par un chaud après-midi de mai, alors que sa voix était encore pareille dans l'arène à ce qu'elle était au café. Il se revoyait visant le long de la lame à la pointe plongeante la place du sommet des épaules où c'était poussiéreux, dans la bosse de muscles noire et court-poilue, au-dessus des larges cornes écaillées du bout à force de taper dans le bois, ces cornes qui s'étaient abaissées au moment où il s'élançait pour la mise à mort. Il sentait de nouveau l'épée s'enfoncer aussi aisément que dans une motte de beurre un peu ferme, la paume de sa main appuyant sur le pommeau, le bras gauche croisé bas, l'épaule gauche en avant, tout son poids portant sur la jambe gauche, et puis son poids n'avait plus porté sur la jambe gauche. Son poids avait porté sur son bas-ventre et quand le taureau avait relevé la tête, la corne avait disparu tout entière en lui et il avait voltigé deux fois dessus avant qu'on vînt le dégager. Si bien que, maintenant, lorsqu'il s'élançait pour la mise à mort, et cela lui arrivait rarement, il ne pouvait plus regarder les cornes, et qu'est-ce qu'une putain aurait bien pu savoir de ce qu'il endurait avant chaque course ? Et qu'avaient-elles enduré celles qui se moquaient de lui ? C'étaient toutes des putes et elles savaient ce qu'elles pouvaient en faire...

En bas, dans la salle à manger, le picador, assis, dévisageait les prêtres. Quand il y avait des femmes dans la salle, il les dévisageait. Quand il n'y avait pas de femmes, alors il prenait plaisir à fixer un étranger, *un Inglés*, mais, pour l'instant, à défaut de femmes ou d'étrangers, il regardait les deux prêtres d'un air insolent et satisfait. Tandis qu'il restait à les dévisager, le vendeur aux enchères dont le visage était criblé de taches se leva, plia sa serviette et sortit, laissant à demi pleine sur la table la dernière bouteille qu'il avait commandée. S'il avait payé sa note à la Luarca, il aurait fini la bouteille.

Les deux prêtres ne rendaient pas ses regards au picador. L'un d'eux disait : « Voilà dix jours que j'attends de le voir ; toute la journée je fais antichambre et il ne me reçoit pas.

— Que faire ?

— Rien. Que peut-on faire ? On ne peut pas s'insurger contre l'autorité.

— Cela fait quinze jours que je suis ici et rien. J'attends et on ne veut pas me recevoir.

— Nous venons d'un pays abandonné. Quand l'argent viendra à manquer, nous nous en retournerons.

— Au pays abandonné ? Qu'importe la Galice à Madrid ? Nous sommes une province misérable.

— On comprend que le frère Basilio ait agi ainsi.

— Cependant, je ne me fie pas à l'intégrité de Basilio Alvarez.

— C'est à Madrid que l'on apprend à comprendre. Madrid tue l'Espagne.

— Si on voulait seulement nous recevoir pour nous dire non tout de suite.

— Non. Il faut que nous soyons mortifiés et épuisés par l'attente.

— Eh bien, nous verrons. Je sais attendre autant qu'un autre. »

À ce moment, le picador se leva, s'avança vers la table des prêtres, se planta devant eux, oiseau de proie aux cheveux grisonnants, et les dévisagea en souriant.

« Un torero, dit l'un des prêtres à l'autre.

— Et un fameux », dit le picador, et, sur ce, il sortit de la salle à manger, courte veste grise, hanches minces, jambes torses, en culotte serrée au-dessus de ses bottes de bouvier à hauts talons qui sonnaient sur le plancher, tandis qu'il se pavanait, la démarche assurée, souriant à part lui. Il vivait dans un monde professionnel minuscule, étroit, un monde fait de compétence personnelle, de triomphes chaque soir puisés dans l'alcool, et d'insolence. Pour l'instant, allumant un cigare et posant son chapeau de travers, il longea le couloir et s'en alla au café.

Les prêtres, confus d'être les derniers à quitter la salle à manger, partirent immédiatement après le picador, et il ne restait plus dans la pièce que Paco et le garçon d'un certain âge.

Ils débarrassèrent les tables et emportèrent les bouteilles à la cuisine.

Dans la cuisine se trouvait le jeune homme qui faisait la plonge. Il avait trois ans de plus que Paco et était très désabusé et très amer.

« Prends ça, dit le garçon d'un certain âge, en versant un verre de valdepeñas qu'il lui tendit.

— Pourquoi pas ? » Le jeune homme prit le verre.

« *¿Tú, Paco?* demanda le garçon.

— Merci », dit Paco. Ils burent tous trois.

« Je m'en vais, dit le garçon d'un certain âge.

— Bonne nuit », lui dirent-ils.

Il s'en alla, les laissant seuls. Paco saisit une serviette dont s'était servi un des prêtres et, planté tout droit, les talons fermement appuyés sur le plancher, il abaissa la serviette et, la tête suivant le geste, lança ses bras dans un lent mouvement circulaire de véronique. Il fit demi-tour et, avançant légèrement son pied droit, exécuta la deuxième passe, gagna un peu de terrain sur le taureau imaginaire et fit la troisième passe, lente, suave et parfaitement rythmée, puis il ramena la serviette contre sa taille, et vira sur ses hanches dans une *media verónica* qui lui permit de s'écarter du taureau.

Le plongeur, qui s'appelait Enrique, le regardait d'un œil critique avec ironie.

« Et le taureau, comment il est ? fit-il.

— Très brave, dit Paco. Regarde. »

Le corps droit, mince et ferme silhouette, il fit encore quatre passes parfaites, aisées, élégantes et gracieuses.

« Et le taureau ? demanda Enrique, debout contre l'évier, son verre de vin à la main, son tablier noué à la ceinture.

— Il en a encore dans le ventre, dit Paco.

— Tu me fais mal, tiens ! dit Enrique.

— Pourquoi ?

— Regarde. »

Enrique ôta son tablier et, provoquant le taureau imaginaire, il modela quatre véroniques languissantes, parfaites, de style gitan, et termina par une *reboler* qui fit tournoyer le tablier en un arc tendu devant le mufle du taureau, tandis qu'il s'écartait de lui.

« Regarde-moi ça, dit-il. Et je fais la plonge.

— Pourquoi ?

— La peur, répondit Enrique. *Miedo*. La même peur qui te prendrait dans une arène devant le taureau.

— Non, fit Paco. Je n'aurais pas peur.

— *Leche !* dit Enrique. Tout le monde a

peur. Mais un torero sait maîtriser sa peur de façon à pouvoir travailler le taureau. J'ai été dans une course d'amateurs et j'avais tellement peur que je n'ai pas pu m'empêcher de me sauver. Tout le monde trouvait ça très drôle. Toi aussi, tu aurais peur. S'il n'y avait pas la peur, tous les cireurs de bottes en Espagne se feraient toreros. Toi, un gars de la campagne, tu aurais encore plus peur que moi.

— Non », dit Paco.

Il l'avait fait trop souvent en imagination. Il avait trop souvent vu les cornes, vu les naseaux humides du taureau, l'oreille frémir, puis la tête s'abaisser et la charge, le claquement mat des sabots et le taureau fumant passant contre lui tandis qu'il faisait tournoyer la cape, fonçant dans une nouvelle charge alors qu'il lançait de nouveau la cape, recommençant, recommençant et recommençant encore pour finir par enrouler le taureau autour de lui dans une merveilleuse *media verónica*, et s'en aller d'un pas dégagé, avec des poils du taureau pris dans les broderies dorées de son habit au cours des passes serrées ; le taureau immobile, hypnotisé et la foule éclatant en applaudissements. Non, il n'aurait pas peur. Même s'il lui arrivait d'avoir peur, il savait qu'il pourrait le faire, de toute manière. Il était sûr de lui. « J'aurais pas peur », dit-il.

Enrique dit : « *Leche !* » encore une fois.

Puis il fit : « Si on essayait ?

— Comment ?

— Regarde, dit Enrique. Tu penses au taureau, mais tu ne penses pas aux cornes. Le taureau a tellement de force que les cornes déchirent comme un couteau, transpercent comme une baïonnette et tuent comme une massue. Tiens (il ouvrit un tiroir de table et prit deux couteaux à découper), ce sont les cornes. Je vais les attacher aux pieds d'une chaise. Et après, je ferai le taureau pour toi en tenant la chaise devant ma tête. Si tu fais les passes, à ce moment-là, ça voudra dire quelque chose.

— Prête-moi ton tablier, dit Paco. On va faire ça dans la salle à manger.

— Non, répondit Enrique, cessant brusquement d'être amer. Ne le fais pas, Paco.

— Si, dit Paco. Je n'ai pas peur.

— Tu auras peur quand tu verras s'amener les couteaux.

— Nous verrons bien, dit Paco. Passe-moi le tablier. »

Au même moment, pendant qu'Enrique fixait solidement aux pieds de la chaise les deux couteaux à découper aux lames lourdes et tranchantes comme des rasoirs, à l'aide de deux serviettes sales qu'il enroulait à la jointure du manche et de la lame, puis serrait fortement et nouait ensuite, les deux femmes de chambre, les sœurs de Paco, s'en allaient au cinéma voir Greta Garbo dans *Anna Christie*. Des deux prêtres, l'un était assis en sous-vêtements et lisait son bréviaire et l'autre, en chemise de nuit, marmonnait le rosaire. Tous les toreros, à part celui qui était malade, avaient, comme chaque soir, fait leur petit tour au café Fornos où le grand picador aux cheveux noirs jouait au billard et où le petit matador à l'air sérieux était assis à une table encombrée devant un café au lait avec le banderillero d'un certain âge et plusieurs ouvriers au visage grave.

Le picador alcoolique et grisonnant avait devant lui un verre d'eau-de-vie de cazalas et se délectait à contempler une table où avaient pris place le matador dont le courage avait fui, et un autre matador qui avait renoncé à l'épée pour redevenir banderillero, et deux prostituées apparemment très décaties.

Le marchand de montres, debout au coin de la rue, parlait à des amis. Le plus grand des garçons de la Luarca était à la réunion anarcho-syndicaliste, attendant une occasion de prendre la parole. Le garçon d'un certain âge buvait un bock à la terrasse du café Alvarez. La patronne de la Luarca dormait, déjà allongée dans son lit, le traversin entre les cuisses ; grande, grasse, honnête, propre, bonne fille, très dévote, n'ayant jamais cessé d'avoir une pensée ni de prier journellement pour son mari, mort il y avait de cela vingt ans. Seul dans sa chambre, le matador malade était étendu sur son lit, le visage dans l'oreiller, tenant un mouchoir contre sa bouche.

Et maintenant, dans la salle à manger déserte, Enrique finissait d'attacher les couteaux aux pieds de la chaise ; il fit un dernier nœud et souleva la chaise. Il la pointa, couteaux en avant, et la tint au-dessus de sa tête, les lames braquées droit devant lui, une de chaque côté de sa tête.

« C'est lourd, dit-il. Attends, Paco. C'est très dangereux. Ne le fais pas. » Il transpirait.

Paco se tenait planté en face de lui, et déployait le tablier, un coin plié en boule dans chaque main, le pouce dessus, l'index dessous, le déployant de façon à capter le regard du taureau.

« Charge droit, dit-il. Tourne comme un taureau. Charge autant de fois que tu veux.

— Comment sauras-tu à quel moment arrêter la passe. Il vaut mieux en faire trois et puis une *media*.

— Bon, dit Paco. Mais fonce tout droit. Allez, *torito* ! Allons, viens, mon petit taureau. »

Tête baissée, Enrique courut sur lui et Paco fit voler le tablier juste devant la pointe de la lame au moment où elle frôlait son ventre et quand elle passa, elle était, pour lui, la véritable corne, blanche au bout, noire, lisse, et lorsque Enrique l'eut dépassé et fit demi-tour pour se ruer à nouveau, ce fut une masse fumante aux flancs ensanglantés qui déferla devant lui dans un galop de tonnerre, puis virevolta comme un chat et revint, tandis qu'il faisait lentement tourner la cape. Ensuite le taureau fit demi-tour, revint, et comme il épiait l'assaut de la pointe menaçante, il avança le pied gauche quelques centimètres trop loin et le couteau ne le dépassa point ; il avait pénétré aussi aisément que dans une outre à vin et il y eut un brusque afflux bouillonnant au-dessus et tout autour de la soudaine rigidité de l'acier en lui, tandis que Enrique hurlait : « Aïe, aïe !

Attends, je vais la sortir ! Attends, je vais la sortir ! » Et Paco s'affaissa en avant sur la chaise, tenant toujours le tablier-cape, Enrique tirant sur la chaise et tournant la lame en lui, en lui, Paco.

À présent, le couteau était parti et il restait assis sur le plancher dans la mare chaude qui allait s'élargissant.

« Mets la serviette dessus. Appuie ! fit Enrique. Appuie fort. Je cours chercher le docteur. Il faut que tu retiennes l'hémorragie.

— Il faudrait une ventouse en caoutchouc », dit Paco. Il avait vu employer cela dans l'arène.

« J'ai foncé droit, dit Enrique en pleurant. Je voulais seulement te montrer le danger.

— Ne t'en fais pas, dit Paco d'une voix qui semblait venir de très loin. Mais amène le docteur. »

Dans l'arène, on vous soulevait et on vous portait en courant à la table d'opération. Si l'artère fémorale se vidait avant d'y arriver, alors on appelait le prêtre.

« Préviens un des prêtres », dit Paco, pressant fortement la serviette contre son bas-ventre. Il ne pouvait pas se faire à l'idée que cela lui était arrivé.

Mais Enrique descendait en courant la Carrera San Jerómino jusqu'au poste de secours ouvert toute la nuit et Paco était seul, d'abord assis, puis recroquevillé sur lui-même, puis affalé par terre comme une loque, jusqu'à ce que tout fût fini, sentant la vie s'échapper de lui comme l'eau sale s'écoule d'une baignoire quand on ouvre la bonde. Il avait peur et il se sentait tout faible : il voulut dire un acte de contrition et se rappela le début mais, avant d'avoir pu dire, aussi vite qu'il le pouvait : « Oh, mon Dieu, j'ai un très grand regret de vous avoir offensé, parce que vous êtes infiniment bon et infiniment aimable et je prends la ferme résolu... » il se sentit trop faible et se trouva allongé le visage contre terre et ce fut très vite fini. Une artère fémorale sectionnée se vide plus vite qu'on ne croit.

Au moment où le docteur du poste de secours montait l'escalier, accompagné d'un policier qui tenait Enrique par le bras, les deux sœurs de Paco étaient encore au cinéma de la Gran Vía, où elles éprouvaient une immense déception à la vue du film de Greta Garbo dans lequel la grande star évoluait parmi un décor misérable alors qu'elles étaient habituées à la voir entourée de luxe et d'éclat. La salle détestait le film et protestait en sifflant et en tapant des pieds. Tous les autres gens de l'hôtel faisaient presque exactement ce qu'ils étaient en train de faire lorsque l'accident était survenu, à part que les deux prêtres avaient terminé leurs dévotions et se préparaient à dormir, et que le picador grisonnant avait porté sa consommation à la table des deux prostituées décaties. Peu après, il s'en alla avec l'une d'elles. C'était celle à qui le matador poltron avait payé à boire.

Le jeune Paco n'avait jamais rien su de tout ceci, ni de ce que tous ces gens-là pourraient bien faire le lendemain et les jours suivants. Il n'avait pas la moindre idée de la façon dont ils vivaient réellement ni de la façon dont ils termineraient leur existence. Il ne se rendait même pas compte qu'elle devait se terminer. Il était mort avec toutes ses illusions, comme on dit en espagnol. Il n'avait pas eu, sa vie durant, le temps d'en perdre une seule ni même, à la fin, de terminer son acte de contrition.

Il n'avait même pas eu le temps d'être désappointé par le film de Garbo qui déçut Madrid pendant toute une semaine.

L'HEURE TRIOMPHALE
DE FRANCIS MACOMBER

C'était l'heure du déjeuner et ils se trouvaient tous assis sous le double auvent de toile verte de la tente-salle à manger, faisant comme s'il ne s'était rien passé.

« Voulez-vous de la limonade, ou un citron pressé ? demanda Macomber.

— Je prendrai un gimlet, lui répondit Robert Wilson.

— Moi aussi, je prendrai un gimlet. J'ai besoin de quelque chose, dit la femme de Macomber.

— Je suppose que c'est ce qu'il y a de mieux à faire, convint Macomber. Dites-lui de nous faire trois gimlets. »

Le boy de la popote avait déjà commencé à les préparer ; il tirait les bouteilles des sacs à glace, dont la toile suait l'humidité dans le vent qui soufflait à travers les arbres sous lesquels s'abritaient les tentes.

« Qu'est-ce que je devrais leur donner ? demanda Macomber.

— Une livre serait amplement suffisante, lui dit Wilson. Faut pas les gâter.

— Leur chef la répartira ?

— Absolument. »

Francis Macomber venait, une demi-heure auparavant, d'être porté en triomphe depuis la lisière du camp jusqu'à sa tente, sur les bras et les épaules du cuisinier, des boys attachés à son service personnel, de l'écorcheur et des porteurs. Les porteurs de fusils n'avaient pas participé à la manifestation. Lorsque les boys indigènes l'avaient déposé à l'entrée de la tente, il leur avait serré la main à tous, avait reçu leurs félicitations, puis il était entré sous la tente et s'était assis sur le lit jusqu'à l'arrivée de sa femme. Elle ne lui adressa pas la parole quand elle fut entrée ; alors il sortit immédiatement de la tente pour se laver le visage et les mains au lavabo de campagne installé dehors, et aller ensuite jusqu'à la tente-salle à manger s'asseoir dans un confortable fauteuil de toile, à l'ombre et sous la brise.

« Vous l'avez eu votre lion, lui dit Robert Wilson, et bougrement beau avec ça. »

Mme Macomber eut un bref coup d'œil vers Wilson. C'était une belle femme, extrêmement soignée, dont la beauté et la situation mondaine lui avaient valu, cinq ans plus tôt, de gagner cinq mille dollars pour une série de photos publicitaires vantant un produit de beauté qu'elle n'avait jamais employé. Il y avait onze ans qu'elle était mariée avec Francis Macomber.

« Un beau lion, n'est-ce pas ? » fit Macomber. Sa femme le regarda, cette fois. Elle regarda ces deux hommes comme si elle ne les avait jamais vus auparavant.

L'un, Wilson, le chasseur blanc, elle savait ne l'avoir jamais réellement vu auparavant. Il était à peu près de taille moyenne, avec des cheveux couleur de sable, une moustache hérissée, un visage très rouge et des yeux bleus extrêmement froids avec, au coin des paupières, de légères rides qui se plissaient gaiement quand il souriait. Il lui souriait, en ce moment même ; elle détourna les yeux du visage et regarda la chute des épaules dans la tunique lâche qu'il portait, avec les quatre grosses cartouches serrées dans leur gaine à l'endroit où aurait dû se trouver la poche extérieure gauche, ses grandes mains brunes, son vieux pantalon de bled, ses chaussures très sales, puis son regard revint à son visage rouge. Elle remarqua, là où s'interrompait le rouge recuit de sa figure, la ligne délimitant le cercle blanc laissé par son chapeau Stetson, maintenant accroché à une patère du piquet de tente.

« Eh bien, je bois au lion », dit Robert Wilson.

Il lui sourit de nouveau et elle, sans sourire, regarda son mari avec curiosité.

Francis Macomber était très grand, bien bâti pour qui n'était pas rebuté par une telle longueur de carcasse, brun, les cheveux coupés très court, comme ceux d'un rameur de compétition, les lèvres plutôt minces, et passait pour beau garçon. Il portait, comme Wilson, une tenue de safari, mais la sienne était neuve ; il avait trente-cinq ans, soignait sa forme, excellait aux sports de plein air, détenait un certain nombre de records de pêche au gros et il venait de se conduire, au vu de tous, comme un lâche.

« Au lion, dit-il en levant son verre. Jamais je ne pourrai vous remercier assez de ce que vous avez fait pour moi. »

Le regard de Margaret, sa femme, se

détourna de lui, et de nouveau se posa sur Wilson.

« Ne parlons pas du lion », dit-elle.

Wilson leva les yeux et la regarda sans sourire, et maintenant c'était elle qui lui souriait.

« Ç'a été une journée des plus bizarres, dit-elle. Est-ce que vous n'auriez pas dû mettre votre chapeau... en plein midi, même sous la toile de tente ? C'est vous qui me l'aviez dit, n'oubliez pas...

— Pourrais le mettre.

— Vous avez le visage très rouge, vous savez, monsieur Wilson », dit-elle. Et de nouveau elle lui sourit.

« La boisson, dit Wilson.

— Je ne crois pas, dit-elle. Francis boit beaucoup, mais il n'a jamais le visage rouge. »

Macomber voulut plaisanter. « Aujourd'hui il l'est, dit-il.

— Non, dit Margaret. C'est le mien qui est rouge aujourd'hui. Mais le visage de M. Wilson est toujours rouge.

— Doit être une question de race, fit Wilson. Mais, je dirais, cela ne vous ferait rien d'abandonner ma beauté comme sujet de conversation ?

— Je viens seulement de commencer.

— Laissons tomber, dit Wilson.

— La conversation va devenir des plus pénibles, fit Margaret.

— Ne dis pas de bêtises, Margot, fit son mari.

— Rien de pénible, fit Wilson. Sacrément beau lion qu'on a eu là. »

Margaret les regarda tous les deux, et tous les deux virent qu'elle allait pleurer. Wilson le sentait depuis déjà un bon moment et il le redoutait. Macomber n'en était plus à le redouter.

« Je voudrais que cela ne soit pas arrivé. Oh! je voudrais que cela ne soit pas arrivé », dit-elle, et elle s'en alla vers sa tente. Elle ne faisait pas de bruit en pleurant; mais ils voyaient que ses épaules étaient secouées sous la chemise rose, à l'épreuve du soleil, qu'elle portait.

« Complications de femmes, fit Wilson à l'homme de haute stature. Font une montagne avec rien. Tension nerveuse, et puis une chose ou une autre.

— Non, dit Macomber. J'imagine que je vais en avoir jusqu'à la fin de mes jours, maintenant.

— Quelle blague. Buvons encore un coup

de ce truc assassin, dit Wilson. Oubliez tout ça. De toute façon, on n'y peut plus rien.

— On peut toujours essayer, dit Macomber. Mais je n'oublierai pas ce que vous avez fait pour moi.

— Compte pas, dit Wilson. Des bêtises, tout ça. »

Ils restèrent donc assis à l'ombre, là où le camp avait été installé, sous des acacias aux vastes frondaisons, avec un escarpement plein d'éboulis rocheux derrière eux, une étendue d'herbe qui courait jusqu'à la rive d'un cours d'eau rempli de pierres, devant eux, et avec la forêt tout au bout, chacun à siroter sa boisson citronnée, juste rafraîchie, chacun évitant le regard de l'autre, tandis que les boys mettaient le couvert pour le déjeuner. Wilson se rendait compte que les boys étaient maintenant tous au courant, et lorsqu'il vit le boy personnel de Macomber regarder son maître avec curiosité en posant les plats sur la table, il le rappela vertement à l'ordre en swahili. Le boy se détourna, le visage inexpressif.

« Qu'est-ce que vous lui disiez ? demanda Macomber.

— Rien. Lui ai dit de se remuer, sans ça je

veillerais à lui en faire avoir une quinzaine, et bien soignés.

— Quoi donc, des coups de fouet ?

— C'est parfaitement illégal, dit Wilson. On est supposé leur donner des amendes.

— Vous les faites encore fouetter ?

— Oh oui. Ils pourraient faire du raffut s'ils voulaient se plaindre. Mais ils n'y tiennent pas. Ils aiment mieux ça que les amendes.

— Comme c'est bizarre ! fit Macomber.

— Pas bizarre, en réalité, dit Wilson. Qu'est-ce que vous aimeriez plutôt ? Recevoir une bonne raclée ou y laisser votre paie ? »

Aussitôt il se sentit gêné d'avoir posé la question, et sans laisser à Macomber le temps de répondre, il poursuivit : « D'ailleurs vous savez, tout le monde en reçoit tous les jours, des corrections, d'une façon ou d'une autre. »

Ce qui ne valait guère mieux. Bon Dieu ! se dit-il, je suis joli, comme diplomate, c'est pas vrai !

« Oui, on en reçoit des corrections, fit Macomber, toujours sans le regarder. Je suis vraiment désolé à propos de cette histoire de lion. Il n'est pas nécessaire que ça aille plus loin, n'est-ce pas ? Je veux dire que personne n'en entendra parler, n'est-ce pas ?

— Est-ce que je le raconterai au Mathaiga Club, vous voulez dire ? »

Wilson le considérait d'un œil froid, maintenant. Il ne s'était pas attendu à cela. C'est donc un sacré con en plus d'un foutu couard, se dit-il à part lui. Pourtant, il me plaisait assez, jusqu'à maintenant. Mais comment peut-on savoir, avec un Américain ?

« Non, dit Wilson. Je suis un chasseur professionnel. Nous ne parlons jamais de nos clients. Là-dessus vous pouvez être tout à fait tranquille. À part ça, on considère que nous demander de ne pas en parler c'est faire preuve de mauvaises manières. »

Il venait de penser maintenant qu'il serait beaucoup plus simple de rompre. Comme cela, il mangerait seul et pourrait lire un livre pendant les repas. Eux mangeraient de leur côté. Il les piloterait pendant le safari, mais chacun garderait ses distances — comment dit-on en français, déjà ? Considération distinguée — et ce serait foutument plus commode que d'être obligé de participer à toute cette salade sentimentale. Il lui ferait un affront de manière à tout casser une bonne fois, et pas d'histoires. Après ça, il pourrait lire un livre en mangeant, tout en continuant à boire leur

« Comment va le beau M. Wilson au visage rouge ? Tu te sens mieux, Francis, ma perle ?

— Oh, beaucoup mieux, dit Macomber.

— J'ai tout oublié, dit-elle en s'asseyant à la table. Quelle importance y a-t-il à ce que Francis soit ou non habile à tuer des lions ? Ce n'est pas son métier. C'est le métier de M. Wilson. M. Wilson est vraiment très impressionnant lorsqu'il tue n'importe quoi. Car vous tuez effectivement n'importe quoi, n'est-ce pas, monsieur Wilson ?

— Oh, n'importe quoi, répondit Wilson, absolument n'importe quoi. » Elles sont vraiment, se disait-il, les êtres les plus durs au monde, les plus durs, les plus cruels, les plus rapaces, et les plus séduisants, et leurs hommes se sont ramollis ou bien se sont démolis les nerfs, tandis qu'elles s'endurcissaient. À moins que ce ne soit dû au fait qu'elles choisissent des hommes qu'elles peuvent manipuler ? Il n'est pas possible qu'elles en sachent autant à l'âge où elles se marient. Il se sentait réconforté à l'idée d'avoir fait son éducation en ce qui concernait les Américaines avant ce jour, car celle-ci était très séduisante.

— Est-ce que je le raconterai au Mathaiga Club, vous voulez dire ? »

Wilson le considérait d'un œil froid, maintenant. Il ne s'était pas attendu à cela. C'est donc un sacré con en plus d'un foutu couard, se dit-il à part lui. Pourtant, il me plaisait assez, jusqu'à maintenant. Mais comment peut-on savoir, avec un Américain ?

« Non, dit Wilson. Je suis un chasseur professionnel. Nous ne parlons jamais de nos clients. Là-dessus vous pouvez être tout à fait tranquille. À part ça, on considère que nous demander de ne pas en parler c'est faire preuve de mauvaises manières. »

Il venait de penser maintenant qu'il serait beaucoup plus simple de rompre. Comme cela, il mangerait seul et pourrait lire un livre pendant les repas. Eux mangeraient de leur côté. Il les piloterait pendant le safari, mais chacun garderait ses distances — comment dit-on en français, déjà ? Considération distinguée — et ce serait foutument plus commode que d'être obligé de participer à toute cette salade sentimentale. Il lui ferait un affront de manière à tout casser une bonne fois, et pas d'histoires. Après ça, il pourrait lire un livre en mangeant, tout en continuant à boire leur whisky. C'était l'expression consacrée, lorsqu'un safari tournait mal. On tombait sur un autre chasseur blanc et on lui demandait : « Comment ça se passe, chez vous ? » Et il répondait : « Oh ! je continue à boire leur whisky. » Alors, on savait que tout s'en était allé à vau-l'eau.

« Je suis désolé », dit Macomber en le regardant avec son visage d'Américain qui resterait un visage d'adolescent jusqu'au moment où il deviendrait un visage d'homme mûr, et Wilson nota les cheveux taillés en brosse, les beaux yeux à peine fuyants, le nez sympathique, les lèvres minces et la mâchoire bien plantée. « Je suis désolé de ne pas m'en être rendu compte. J'ai encore beaucoup à apprendre. »

Qu'est-ce que je peux faire ? pensa Wilson. Tout prêt à rompre une bonne fois tout de suite, et voilà que ce pauvre type venait s'excuser après s'être fait insulter. Il fit une dernière tentative. « Vous n'avez pas à craindre que je parle, dit-il. J'ai ma vie à gagner. En Afrique, vous savez, une femme ne rate jamais son lion et un Blanc ne détale jamais.

— J'ai détalé comme un lapin », fit Macomber.

Que diable voulez-vous faire d'un type qui vous parle comme ça ? se demandait Wilson.

Wilson regarda Macomber avec ses yeux bleus impassibles, ses yeux de mitrailleur, et l'autre, en retour, lui sourit. Il avait un sourire agréable, n'était que cela se voyait dans ses yeux quand il était blessé.

« Peut-être que je pourrai me rattraper sur les buffles ? dit-il. C'est après eux que nous allons courir maintenant, n'est-ce pas ?

— Demain matin, si vous voulez », lui répondit Wilson. Peut-être s'était-il trompé. Il fallait reconnaître que c'était une bonne façon d'encaisser. On ne pouvait certainement jamais savoir à quoi s'en tenir, avec ces sacrés Américains. Il était tout rabiboché avec Macomber. Si on pouvait seulement oublier ce qui s'était passé le matin. Mais, bien entendu, c'était impossible. Ce matin-là avait été à peu près ce qui se faisait de plus moche.

« Voilà la Memsahib », dit-il. Elle arrivait de sa tente, la mine reposée, de bonne humeur et tout à fait charmante. Son visage était d'un ovale très parfait, tellement parfait qu'on s'attendait à ce qu'elle fût stupide. Mais elle n'était pas stupide, se disait Wilson, non, pas stupide.

« Comment va le beau M. Wilson au visage rouge ? Tu te sens mieux, Francis, ma perle ?

— Oh, beaucoup mieux, dit Macomber.

— J'ai tout oublié, dit-elle en s'asseyant à la table. Quelle importance y a-t-il à ce que Francis soit ou non habile à tuer des lions ? Ce n'est pas son métier. C'est le métier de M. Wilson. M. Wilson est vraiment très impressionnant lorsqu'il tue n'importe quoi. Car vous tuez effectivement n'importe quoi, n'est-ce pas, monsieur Wilson ?

— Oh, n'importe quoi, répondit Wilson, absolument n'importe quoi. » Elles sont vraiment, se disait-il, les êtres les plus durs au monde, les plus durs, les plus cruels, les plus rapaces, et les plus séduisants, et leurs hommes se sont ramollis ou bien se sont démolis les nerfs, tandis qu'elles s'endurcissaient. À moins que ce ne soit dû au fait qu'elles choisissent des hommes qu'elles peuvent manipuler ? Il n'est pas possible qu'elles en sachent autant à l'âge où elles se marient. Il se sentait réconforté à l'idée d'avoir fait son éducation en ce qui concernait les Américaines avant ce jour, car celle-ci était très séduisante.

«Nous allons courir le buff', demain, lui dit-il.

— Je viens, fit-elle.

— Pas question !

— Oh, mais si. Francis, tu permets, n'est-ce pas ?

— Pourquoi ne pas rester au camp ?

— Pour rien au monde, dit-elle. Je ne voudrais manquer un spectacle comme celui de ce matin pour rien au monde. »

Quand elle était partie, songeait Wilson, quand elle les avait quittés pour aller pleurer, elle avait vraiment l'air de comprendre, d'avoir de la peine pour lui et pour elle-même, et de voir la réalité des choses. Elle reste vingt minutes partie et la revoilà, tout bonnement cuirassée de cette cruauté de femelle américaine. Ce sont les plus infernales des femmes. Vraiment les plus infernales !

« Nous allons donner une autre représentation pour toi, demain, dit Francis Macomber.

— Vous ne viendrez pas, dit Wilson.

— Vous vous trompez beaucoup, lui dit-elle. Et j'ai *tellement* envie de vous revoir opérer. Vous étiez charmant, ce matin. Pour autant qu'il soit "charmant" de faire sauter des têtes à coups de fusil.

— Voilà le déjeuner, dit Wilson. Vous êtes très gaie, n'est-ce pas ?

— Pourquoi pas ? Je ne suis pas venue ici pour m'ennuyer !

— Eh bien, ça n'a pas été ennuyeux », dit Wilson. Il voyait les blocs de pierre dans la rivière et, au-delà, la rive escarpée bordée d'arbres, et le souvenir de la matinée lui revint.

« Oh non ! dit-elle. Ç'a été charmant. Et demain... Vous n'imaginez pas comme j'attends la journée de demain.

— C'est de l'élan, qu'il vous offre là, lui dit Wilson.

— Ces espèces de grandes vaches qui sautent comme des lièvres, c'est cela ?

— Je pense que la description peut leur convenir, dit Wilson.

— C'est toi qui l'as tiré, Francis ? demanda-t-elle.

— Oui.

— Ce n'est pas dangereux, n'est-ce pas ?

— Seulement s'ils vous tombent dessus, lui répondit Wilson.

— J'en suis ravie !

— Cela ne te ferait rien d'être un peu moins garce, Margot ? dit Macomber en coupant son steak d'élan et en mettant de la purée de pommes de terre et des carottes en sauce sur le dos de la fourchette qui embrochait le morceau de viande.

— Puisque tu me le demandes si gentiment, dit-elle, je suppose que cela peut se faire.

— Ce soir, il y aura du champagne pour fêter le lion, dit Wilson. Il fait un peu trop chaud à midi.

— Ah, le lion ! fit Margaret. J'avais oublié le lion. »

Ainsi, songeait Wilson à part lui, elle le mène en bateau, c'est sûr. À moins que ce ne soit sa façon à elle de sauver les apparences ? Comment devrait réagir une femme quand elle découvre que son mari est un foutu lâche ? Elle est sacrément cruelle, mais toutes sont cruelles. Ce sont elles qui gouvernent, je sais bien, et pour gouverner il faut parfois se montrer cruel. Tout de même, j'en ai assez de leur sacré terrorisme.

« Encore un peu d'élan ? » lui proposa-t-il poliment.

Vers la fin de ce même après-midi, Wilson et Macomber partirent en voiture avec le chauffeur indigène et les deux porteurs de fusils. Mme Macomber resta au camp. Il faisait trop chaud pour sortir, avait-elle dit, et puis elle les accompagnait le lendemain matin. Comme la voiture s'éloignait, Wilson la vit debout sous le gros arbre, plutôt jolie que belle dans son kaki tirant légèrement sur le rose, le front dégagé, ses cheveux noirs ramenés en arrière et noués sur la nuque, la mine aussi fraîche, pensait-il, que si elle avait été en Angleterre. Elle agita le bras au moment où la voiture s'enfonçait dans le creux, parmi les hautes herbes, pour décrire une courbe à travers les arbres en direction des petites collines où la brousse prenait un aspect de verger sauvage.

Dans ce verger ils trouvèrent une harde d'impalas; abandonnant la voiture, ils traquèrent un vieux bélier aux longues cornes largement évasées et Macomber le tua d'une balle tirée à deux cents mètres, coup fort honorable qui lança les antilopes dans une fuite éperdue, se chevauchant les unes les autres avec des bonds énormes, toutes pattes rentrées, aussi incroyables et aussi aériennes que ceux que l'on fait quelquefois dans les rêves.

« Joli coup, dit Wilson. Ils n'offrent pas une grande cible.

— Elle vaut quelque chose, la tête ? demanda Macomber.

— C'est tout à fait bien, lui dit Wilson. Tirez comme ça et vous n'aurez pas d'ennuis.

— Vous croyez que nous trouverons des buffles, demain ?

— Il y a des chances. Ils vont chercher de quoi se nourrir de bonne heure, le matin, et avec un peu de veine on pourrait les surprendre à découvert.

— Je voudrais bien liquider cette histoire de lion, fit Macomber. Ce n'est pas très agréable que votre femme vous ait vu faire quelque chose comme ça. »

J'estime que cela devrait être encore plus désagréable de le faire, se dit Wilson, avec ou sans femme, ou d'en parler une fois qu'on l'a fait. Mais il dit : « À votre place, je n'y penserais plus. Cela peut arriver à n'importe qui d'être secoué pour un premier lion. Tout ça, c'est fini. »

Mais cette nuit-là, après le dîner suivi d'un whisky-soda pris auprès du feu avant d'aller se coucher, alors que Francis Macomber, étendu sur son lit de camp sous la moustiquaire, écoutait les bruits de la nuit, ce n'était pas fini du tout. Ce n'était ni fini ni sur le point de commencer. C'était là, exactement comme cela s'était passé, avec des épisodes marqués d'une manière indélébile dans son esprit, et il en était lamentablement honteux. Mais, plus fort que la honte, il ressentait en lui une peur froide, au creux de l'estomac. La peur était toujours là, froide et visqueuse, en creux, dans l'immense vide où logeait autrefois toute sa belle assurance, et cela le rendait malade. En ce moment même, elle était toujours là, en lui.

Cela avait commencé la nuit précédente, quand il s'était réveillé et avait entendu le lion rugir quelque part en amont le long de la rivière. C'était un bruit profond, avec, à la fin, des espèces de grognements, comme une toux, tels qu'il semblait être là, à côté de la tente, et quand Francis Macomber se réveilla au milieu de la nuit et l'entendit, il eut peur. Il pouvait entendre sa femme respirer régulièrement dans son sommeil. Il n'y avait personne à qui dire qu'il avait peur, ou pour avoir peur avec lui. Et, allongé là, tout seul, il ne connaissait pas le proverbe somali qui dit qu'un brave a toujours peur trois fois d'un lion : quand il voit ses traces pour la première fois, quand il l'entend rugir pour la première fois et quand il l'affronte pour la première fois. Ensuite, pendant qu'ils prenaient le petit déjeuner à la lueur de la lanterne, dans la tente-salle à manger, avant le lever du soleil, le lion rugit à nouveau et Francis se dit qu'il était juste à la lisière du camp.

« M'a l'air d'un vieux de la vieille, dit Robert Wilson en levant les yeux de dessus ses kippers et son café. Écoutez-le tousser.

— Il est très près ?

— À peu près un mille en amont du torrent.

— Nous le verrons ?

— On va aller jeter un coup d'œil.

— Ses rugissements portent tellement loin ? On dirait qu'il est là, à deux pas, dans le camp.

— Portent sacrément loin, dit Robert Wilson. C'est étrange comme ils portent. J'espère qu'on pourra le tirer, ce chat. Les boys disaient qu'il y en avait un très gros dans les parages.

— Si je peux placer une balle, demanda Macomber, où dois-je l'atteindre pour l'arrêter ?

— Dans l'épaule, répondit Wilson. Dans le cou, si vous pouvez le faire. Cherchez à toucher un os, démolissez-le.

— J'espère la mettre au bon endroit, dit Macomber.

— Vous tirez très bien, lui dit Wilson. Prenez votre temps, pour être sûr de l'avoir. C'est la première qui compte.

— À quelle distance ça sera ?

— Peux pas savoir. Le lion a son mot à dire là-dessus. Pas tirer avant qu'il ne soit assez près pour que vous puissiez l'avoir à coup sûr.

— À moins de cent mètres ? » demanda Macomber.

Wilson lui lança un rapide coup d'œil.

« Cent, c'est à peu près bien. Pourriez être forcé de le prendre un peu moins loin. Pas risquer de tirer beaucoup plus loin que ça. Cent, c'est une distance convenable. Vous pouvez le toucher où vous voulez, comme ça. Voilà la Memsahib.

— Bonjour, dit-elle. Alors, nous allons le chercher ce lion ?

— Dès que vous aurez liquidé votre petit déjeuner, dit Wilson. Comment vous sentez-vous ?

— Merveilleusement bien, répondit-elle. Je suis très impatiente.

— Je vais simplement m'assurer que tout est prêt. » Wilson s'éloigna. Au moment où il s'écartait, le lion rugit de nouveau.

« Espèce de braillard, dit Wilson. Nous allons le faire taire !

— Qu'y a-t-il, Francis ? lui demanda sa femme.

— Rien, répondit Macomber.

— Si, tu as quelque chose. Qu'est-ce qui te tourmente ?

— Rien, fit-il.

— Dis-le-moi. » Elle le regarda. « Tu ne te sens pas bien ?

— Ce sont ces maudits rugissements, dit-il. Ça n'a pas cessé de toute la nuit, tu sais.

— Pourquoi ne pas m'avoir réveillée ? dit-elle. J'aurais tellement voulu l'entendre.

— Il faut que je tue cette maudite bête, dit Macomber, d'un ton lamentable.

— Eh bien, c'est pour ça que tu es venu, n'est-ce pas ?

— Oui. Mais je me sens nerveux. Ça me porte sur le système d'entendre cette bête rugir.

— Eh bien alors, comme l'a dit Wilson, tue-le et fais-le taire.

— Oui, ma chérie, dit Francis Macomber. Ça paraît facile, n'est-ce pas ?

— Tu n'as pas peur, hein ?

— Bien sûr que non. Mais de l'avoir entendu rugir toute la nuit, ça m'a énervé.

— Tu vas le tuer magnifiquement, dit-elle.

J'en suis sûre. Je suis terriblement impatiente de voir ça.

— Finis ton petit déjeuner et nous partons.

— Il ne fait pas encore jour, dit-elle. C'est une heure absurde. »

Juste à ce moment, le lion poussa un rugissement, ce fut une sorte de plainte venue du fond de la poitrine et qui se fit brusquement gutturale, une vibration ascendante qui sembla ébranler l'air, pour se terminer par un soupir et un grognement lourd, profond, venu du fond de la poitrine.

« On dirait qu'il est presque à côté, dit la femme de Macomber.

— Bon Dieu, fit Macomber. Je déteste ce maudit vacarme.

— C'est très impressionnant.

— Impressionnant ? C'est terrifiant. »

À ce moment, Robert Wilson s'amena en souriant, portant son horrible Gibbs 505, arme courte au canon affreusement large.

« Allons-y, dit-il. Votre porteur a votre Springfield et la grosse carabine. Tout est dans la voiture. Avez-vous pris des balles blindées ?

— Oui.

— Je suis prête, dit Mme Macomber.

— Faut lui faire cesser ce raffut, dit Wilson.

Mettez-vous devant. La Memsahib s'assiéra derrière, avec moi. »

Ils montèrent dans l'auto, et dans l'aube grise, ils partirent à travers les arbres, en longeant la rive vers l'amont. Macomber ouvrit sa carabine, vit qu'il y avait des balles blindées, referma la culasse et poussa le cran de sûreté. Il observa que ses mains tremblaient. Il tâta sa poche à la recherche d'autres cartouches et passa les doigts sur celles qui remplissaient les étuis sur le devant de sa tunique. Il se retourna vers Wilson et vers sa femme, tous deux assis dans la voiture sans portières, au châssis en forme de caisse, tous deux souriant d'excitation, Wilson se pencha et lui chuchota :

« Voyez comme les oiseaux descendent. Signifie que le vieux copain a lâché ce qu'il a tué. »

Sur la rive opposée de la rivière, Macomber pouvait voir, au-dessus des arbres, les vautours qui tournoyaient et piquaient comme des flèches.

« Il y a des chances pour qu'il vienne boire par ici, chuchota Wilson, avant d'aller faire la sieste. Ouvrez l'œil. »

Ils suivaient lentement la rive la plus haute du torrent, qui, à cet endroit, entaillait profondément son lit de rochers et l'auto serpentait à travers les grands arbres. Macomber surveillait la berge d'en face quand il sentit Wilson lui prendre le bras. La voiture stoppa.

« Le voilà, entendit-il chuchoter. Devant et à droite. Descendez et tirez-le. C'est un lion magnifique. »

Alors Macomber vit le lion. Il se tenait là, presque complètement de flanc, sa grosse tête levée et tournée vers eux. La brise matinale qui soufflait de leur côté agitait à peine sa crinière sombre, et le lion, se profilant sur la pente du talus dans la lumière grise du matin, paraissait énorme, avec ses épaules massives, son corps en tonneau légèrement ballonné.

« À combien est-il ? interrogea Macomber en levant sa carabine.

— Soixante-quinze, environ. Descendez et tirez-le.

— Pourquoi ne pas tirer d'où je suis ?

— Cela ne se fait pas de les tirer en auto, lui dit Wilson à l'oreille. Descendez. Il ne va pas rester là toute la journée. »

Macomber enjamba l'ouverture en demi-cercle près du siège avant, posa le pied sur le marchepied puis sur le sol. Le lion était toujours là, regardant d'un air majestueux et tranquille en direction de cet objet bizarre, trapu comme une sorte de super-rhinocéros, que ses yeux ne lui montraient qu'en silhouette. Aucune odeur d'homme ne parvenait jusqu'à lui et il observait l'objet, bougeant légèrement sa grande tête de côté et d'autre. Puis, observant l'objet, sans avoir peur, mais hésitant avant d'aller boire à la berge avec une chose pareille en face de lui, il vit une forme d'homme s'en détacher. Alors, il détourna sa tête massive pour filer vers le couvert des arbres, lorsqu'il entendit le fracas d'une détonation et ressentit le choc brutal d'une balle blindée de 30-06, une balle de 220 grains, qui lui mordait le flanc et, en une soudaine bouillante nausée, lui déchirait l'estomac. Il partit d'un trot, lourd, pattu, oscillant de toute l'ampleur de son ventre blessé, à travers les arbres, vers le refuge des hautes herbes, quand cela claqua de nouveau et déchira l'air en passant près de lui. Ensuite, cela claqua encore une fois et il sentit le coup le frapper dans les basses côtes et se frayer un chemin dans sa chair, et subitement dans sa gueule une écume de sang chaud; alors il s'enfuit au galop vers les hautes herbes, où il pourrait se blottir sans être vu et les forcer à amener la chose qui claquait assez près pour qu'il pût charger et attraper l'homme qui la tenait.

Macomber n'avait pas songé à ce que pouvait ressentir le lion, en descendant de l'auto. Il savait seulement que ses mains tremblaient, et, lorsqu'il s'écarta de la voiture, il lui fut presque impossible de remuer les jambes. Elles étaient raides aux cuisses, mais il pouvait sentir le frémissement des muscles. Il épaula sa carabine, visa la jointure de la tête et des épaules du lion, puis pressa la détente. Il ne se passa rien, et pourtant il appuyait à s'en briser le doigt. Puis il comprit qu'il avait laissé le cran de sûreté et tout en abaissant la carabine pour le pousser, ses jambes pétrifiées le portèrent encore d'un pas en avant et le lion, voyant maintenant sa silhouette se détacher nettement de la silhouette de l'auto, fit demi-tour et partit au petit trot et quand Macomber tira, il entendit un *ploc* mat signifiant que la balle avait porté mais le lion continuait à fuir. Macomber tira de nouveau et chacun put voir la balle soulever un plumet de poussière devant le lion qui trottait. Il tira encore une fois, en se rappelant de viser plus bas, et tout le monde entendit le choc de la balle ; alors le lion prit le galop et se trouva dans les hautes herbes avant qu'il eût refermé la culasse.

Macomber restait là, envahi par une légère sensation de nausée, et ses mains, qui tenaient le Springfield toujours armé, tremblaient; sa femme et Robert Wilson l'avaient rejoint. À ses côtés se tenaient aussi les deux porteurs de fusils. Ils jacassaient en wakamba.

« Je l'ai touché, dit Macomber. Je l'ai touché deux fois.

— Une dans les tripes, et une quelque part en avant », dit Wilson, sans enthousiasme. Les porteurs de fusils avaient un air très grave. Ils s'étaient tus.

« Il se peut que vous l'ayez tué, continua Wilson. Il va falloir que nous attendions un moment avant d'aller voir ce qu'il en est.

— Que voulez-vous dire?

— Lui laisser le temps de s'affaiblir avant de le poursuivre.

— Ah! fit Macomber.

— C'est un sacrément beau lion, dit Wilson allégrement, mais il s'est fourré dans un sale coin.

— Pourquoi un sale coin?

— Peux pas le voir avant d'être juste dessus.

— Ah ! fit Macomber.

— Allons-y, dit Wilson. La Memsahib peut rester ici, dans la voiture. Nous allons jeter un coup d'œil sur les traces de sang.

— Reste là, Margot », dit Macomber à sa femme. Sa bouche était très sèche et il éprouvait des difficultés à articuler.

« Pourquoi ? demanda-t-elle.

— C'est Wilson qui l'a dit.

— Nous allons jeter un coup d'œil, fit Wilson. Restez là. Vous verrez même mieux d'ici.

— Très bien. »

Wilson parla en swahili au chauffeur. Ce dernier inclina la tête et fit : « Oui, *B'wana.* »

Ensuite ils descendirent la berge escarpée, traversèrent le courant en escaladant ou en contournant les rochers, et grimpèrent sur l'autre rive en s'aidant des racines qui saillaient à même le talus, jusqu'à l'endroit où le lion était parti quand Macomber avait tiré son premier coup de fusil. Du bout de longues tiges d'herbe, les porteurs de fusils désignèrent des traces de sang noir sur l'herbe courte, et ces traces allaient se perdre derrière les arbres de la rive.

« Que faisons-nous ? interrogea Macomber.

— Pas beaucoup de choix, dit Wilson. Pouvons pas amener la voiture ici. Berge trop raide. Laissons-le s'ankyloser un peu et après ça on ira voir ce qu'il devient, vous et moi.

— On ne pourrait pas mettre le feu à l'herbe ? demanda Macomber.

— Trop verte.

— On ne peut pas envoyer les rabatteurs ? »

Wilson le jaugea du regard. « Bien sûr qu'on peut, dit-il. Mais cela fera un tout petit peu assassinat. Vous comprenez, nous savons que le lion est blessé. On peut lever un lion indemne — dès qu'il entend du bruit, il part devant — mais un lion blessé va charger. On ne peut pas le voir avant d'être juste dessus. Il s'aplatit tellement bien qu'il se dissimule là où on ne croirait pas qu'il y ait place pour un lièvre. C'est un peu délicat d'envoyer des boys là-dedans, pour ce genre de divertissement. Quelqu'un se ferait sûrement dévorer.

— Et les porteurs de fusils ?

— Oh, ils nous suivront. C'est leur *shauri*. Ils ont signé un engagement pour ça, vous comprenez. Ça n'a pas l'air de trop les enthousiasmer quand même, vous ne trouvez pas ?

— Je n'ai pas envie d'aller là-dedans », fit Macomber. C'était parti tout seul, sans qu'il s'en rende compte.

«Moi non plus, dit Wilson allégrement. Mais vraiment, on n'a pas le choix.» Puis, comme pour vérifier une pensée qui lui serait venue après coup, il jeta un coup d'œil à Macomber et vit soudain comme il tremblait et remarqua son visage lamentablement défait.

«Rien ne vous force à y aller, naturellement, dit-il. C'est mon métier, vous savez. C'est pour ça que je me fais payer si cher.

— Vous voulez dire que vous iriez tout seul? Pourquoi ne pas le laisser là?»

Robert Wilson, dont l'unique préoccupation avait été ce lion et le problème qu'il posait et qui n'avait pas songé à Macomber, sauf pour noter qu'il semblait avoir un peu le trac, ressentit soudain le même choc que s'il s'était trompé de porte dans un hôtel et eût entrevu quelque chose de honteux.

«Qu'est-ce que vous voulez dire?

— Pourquoi ne pas simplement le laisser?

— Faire comme si nous ne le savions pas blessé, vous voulez dire?

— Non. Laisser tomber, simplement.

— Ça ne se fait pas.

— Pourquoi donc?

— D'abord, parce qu'il souffre, à coup sûr.

Ensuite, quelqu'un d'autre pourrait très bien tomber dessus.

— Je comprends.

— Mais rien ne vous force à vous mêler de ça.

— Je voudrais bien, dit Macomber. C'est seulement que j'ai peur, vous comprenez.

— Je passerai devant quand nous serons dans les herbes, dit Wilson, avec Kongoni qui suivra la piste. Tenez-vous derrière moi et un peu de côté. Il y a des chances pour que nous l'entendions grogner. Si nous l'apercevons, nous tirons tous les deux. Ne vous inquiétez de rien. Je suis là pour vous épauler. Mais, en fait, peut-être feriez-vous mieux de ne pas venir, vous savez. Ça vaudrait peut-être mieux. Pourquoi n'iriez-vous pas retrouver la Memsahib là-bas, pendant que je liquide ça ?

— Non, je veux y aller.

— Bon, dit Wilson. Mais n'allez pas dans les herbes si vous n'en avez pas envie. À partir de maintenant, c'est mon *shauri* à moi, vous savez.

— Je veux y aller », dit Macomber.

Ils s'assirent sous un arbre et restèrent à fumer.

« Voulez parler à la Memsahib pendant que nous attendons ? demanda Wilson.

— Non.

— Je vais simplement retourner lui dire de ne pas s'impatienter.

— C'est cela », dit Macomber. Il était assis, suant des aisselles, la bouche sèche, une sensation de vide au creux de l'estomac, souhaitant trouver le courage de dire à Wilson d'aller achever le lion sans lui. Il ne pouvait pas savoir que Wilson était furieux de ne pas avoir remarqué plus tôt l'état dans lequel il était et de ne pas l'avoir renvoyé auprès de sa femme. À ce moment, Wilson revint. « J'ai votre grosse carabine, lui dit-il. Prenez-la. Nous lui avons laissé assez de temps, je crois. Venez. »

Macomber prit la grosse carabine et Wilson lui dit :

« Restez derrière moi, à environ cinq mètres sur la droite, et faites exactement ce que je vous dirai. » Puis il parla en swahili aux deux porteurs de fusils qui étaient l'image même de la consternation.

« Allons-y, fit-il.

— Pourrais-je avoir un peu d'eau ? » s'enquit Macomber. Wilson dit quelque chose au plus âgé des porteurs de fusils qui portait une gourde à sa ceinture ; l'homme la déboucla, en dévissa le bouchon et la tendit à Macomber qui la prit, remarquant combien elle lui semblait lourde et comme l'enveloppe de feutre était velue et pelucheuse dans sa main. Il la leva pour boire et regarda devant lui l'herbe haute avec les arbres en parasol dans le fond. Une légère brise soufflait vers eux et l'herbe ondulait doucement sous le vent. Il regarda le porteur de fusils et s'aperçut que ce dernier souffrait lui aussi de la peur.

À trente-cinq mètres à l'intérieur des herbes, le gros lion était aplati de tout son long contre le sol. Il avait les oreilles en arrière et il était complètement immobile, à part une légère crispation de sa longue queue dont la touffe noire fouettait l'air de haut en bas. Il s'était tapi dès qu'il avait atteint cet abri et il était malade à cause de la blessure qui déchirait son ventre plein et s'affaiblissait à cause de la blessure qui lui traversait les poumons et amenait à sa gueule une mince pellicule d'écume rouge chaque fois qu'il respirait. Ses flancs étaient humides et chauds et il y avait des mouches sur la petite ouverture que les balles blindées avaient faite dans sa peau rousse ; ses grands yeux jaunes, contractés par la haine, regardaient droit devant eux, ne cillant que lorsque la douleur apparaissait avec chaque respiration, et ses griffes labouraient la terre meuble et desséchée. Tout en lui, souffrance, maladie, haine, et tout ce qui lui restait de forces, se crispait en une concentration totale en vue d'un bond. Il entendait les hommes parler et il attendait, rassemblant toute la force qui restait en lui, se préparant à charger dès que les hommes s'engageraient dans l'herbe. Au son de leurs voix, sa queue se raidit et fouetta l'air, et au moment où ils franchirent la lisière des hautes herbes, il poussa un grognement d'asthmatique et chargea.

Kongoni, le vieux porteur de fusils, marchant en tête et occupé à suivre les traces de sang, Wilson scrutant l'herbe, à l'affût du moindre mouvement, sa grosse carabine prête, le deuxième porteur de fusils, le regard fixé en avant et l'oreille tendue, Macomber aux côtés de Wilson, le fusil déjà levé, tous venaient de s'engager dans l'herbe, quand Macomber entendit le grognement poussif voilé par le sang et vit le jaillissement de la bête dans les herbes. Avant de s'en être rendu compte, il détalait ; il détalait comme un fou, en pleine panique et en terrain découvert, il détalait en direction de la rivière.

Il entendit le *ca-ra-wang !* de la grosse carabine de Wilson, puis de nouveau un claquement, *carawang !* et en se retournant, il vit le lion, affreux à voir maintenant, dont la tête paraissait à moitié emportée, qui rampait vers Wilson sur la lisière des hautes herbes, tandis que l'homme au visage rougeaud actionnait la culasse de sa courte et hideuse carabine et visait avec soin ; une autre explosion, *carawang !* sortit de la gueule d'acier, la lourde masse jaune et rampante du lion se raidit et l'énorme tête mutilée glissa en avant. Alors Macomber, seul dans la clairière où il s'était enfui, un fusil chargé dans les mains, tandis que deux Noirs et un Blanc se retournaient et le regardaient avec mépris, comprit que le lion était mort. Il s'avança vers Wilson, son grand corps semblant n'être tout entier qu'un motif de honte à nu ; Wilson le regarda et dit :

« Voulez prendre des photos ?

— Non », répondit-il.

C'était tout ce qu'ils s'étaient dit jusqu'au moment où ils avaient regagné l'auto. Là, Wilson avait dit :

« Un sacré lion ! Les boys vont l'écorcher. Nous serons aussi bien ici à l'ombre. »

La femme de Macomber ne l'avait pas regardé et lui ne l'avait pas regardée non plus ; il s'était assis à côté d'elle à l'arrière, tandis que Wilson prenait place sur le siège avant. À un moment donné, il avait tendu le bras et pris la main de sa femme dans la sienne sans la regarder, mais elle avait retiré sa main. En regardant de l'autre côté de la rivière les porteurs de fusils en train d'écorcher le lion, il se rendait compte que sa femme avait dû être témoin de toute la scène. Pendant qu'ils étaient assis là, elle avait tendu le bras pour poser sa main sur l'épaule de Wilson ; il s'était retourné, alors elle s'était penchée en avant par-dessus le dossier peu élevé et l'avait embrassé sur la bouche.

« Eh bien, eh bien », fit Wilson, et son visage rouge cuit, sa teinte normale, devint cramoisi.

« M. Robert Wilson, dit-elle. Le beau M. Robert Wilson au visage rouge. »

Ensuite elle se rassit près de Macomber et se détourna pour regarder par-delà le courant l'endroit où gisait le lion qui levait en l'air des avant-bras dénudés où saillaient les tendons sur les muscles blancs, et exhibait un ventre ballonné qui blanchissait à mesure que les Noirs détachaient la peau de la viande. Finalement les porteurs de fusils apportèrent la peau, humide et lourde, et après l'avoir roulée, ils la hissèrent avec eux en montant à l'arrière ; puis la voiture démarra. Personne n'avait prononcé une seule parole avant l'arrivée au camp.

C'était là l'histoire du lion. Macomber ne savait pas ce qu'avait ressenti le lion avant de commencer à charger, ni pendant la charge, quand l'incroyable choc de la balle du 505, dotée d'une vitesse initiale de deux tonnes, s'était écrasée sur sa gueule, ni ce qui l'avait poussé à continuer d'avancer quand le deuxième claquement assourdissant lui avait broyé l'arrière-train et l'avait poussé, rampant, vers la chose explosante et fracassante qui l'avait détruit. Wilson avait son idée là-dessus et ne l'avait exprimée que par les mots : « Un sacré lion ! » Mais Macomber ne savait rien non plus des sentiments de Wilson. Il ne savait rien des sentiments de sa femme, sinon que pour elle tout était fini entre eux.

Sa femme en avait déjà eu assez de lui auparavant, mais cela ne durait jamais. Il était très riche, et allait l'être encore beaucoup plus, et il savait que jamais elle ne le quitterait, maintenant. C'était une des rares choses qu'il savait vraiment. Il savait cela, et puis des choses sur les motocyclettes — cela remontait à bien loin —, sur les autos, sur la chasse au canard, sur la pêche, truite, saumon et poisson de pleine mer, sur la question sexuelle dans les livres, beaucoup de livres, trop de livres, sur tous les sports de plein air, sur les chiens, pas beaucoup sur les chevaux, sur la façon de s'accrocher à son argent, sur la plupart des autres choses dont s'occupait le milieu qui était le sien, et sur le fait que sa femme ne le quitterait pas. Sa femme avait été une beauté remarquée et elle était toujours une beauté remarquée en Afrique, mais elle n'était plus une beauté assez remarquée dans son pays pour avoir avantage à le quitter et elle le savait, et il le savait. Il était trop tard pour qu'elle le quitte et il le savait. S'il s'était montré plus doué avec les femmes, elle eût probablement commencé à avoir des craintes qu'il ne la quittât pour épouser une nouvelle beauté, mais elle en savait trop sur son compte pour s'inquiéter à son sujet. Par ailleurs, il avait toujours montré une grande tolérance et cela semblait être son meilleur côté, à moins que ce ne fût le plus sinistre.

Dans l'ensemble, ils étaient considérés, toutes proportions gardées, comme un heureux ménage, un de ceux dont la rupture est souvent chuchotée, mais ne se produit jamais, et, suivant l'expression d'un chroniqueur mondain, ils étaient en train d'ajouter un parfum d'*aventure* à une *idylle* aussi enviée que durable, grâce à un *safari* dans une contrée connue sous le nom de *l'Afrique la plus noire* jusqu'à ce que les Martin Johnson l'eussent exposée à la lumière d'innombrables écrans argentés sur lesquels ils poursuivaient *Simba* le lion, le buffle, *Tembo* l'éléphant, tout en collectant des spécimens pour le musée d'histoire naturelle. Le même chroniqueur les avait, dans le passé, signalés au moins trois fois comme *à deux doigts*... et ils l'avaient été. Mais ils se raccommodaient toujours. Leur union avait des bases solides. Margot était trop belle pour que Macomber eût envie de demander le divorce et Macomber avait trop d'argent pour que Margot pût jamais le quitter.

Il était maintenant près de trois heures du matin et Francis Macomber, qui s'était endormi peu après avoir cessé de penser au lion, puis s'était réveillé et encore rendormi, s'éveilla soudain, effrayé par un rêve où il avait au-dessus de lui la tête du lion ensanglantée et, tendant l'oreille pendant que son cœur battait violemment, il se rendit compte que sa femme n'était pas dans l'autre lit de camp sous la tente. Il resta ainsi éveillé, sachant cela, deux heures durant.

Au bout de ce temps sa femme entra sous la tente, souleva sa moustiquaire et se glissa douillettement dans le lit.

« D'où viens-tu ? demanda Macomber dans l'obscurité.

— Hello, dit-elle, tu es réveillé ?
— D'où viens-tu ?
— Je suis simplement sortie prendre un peu l'air.
— Tu parles !
— Que veux-tu que je te dise, mon chéri ?
— D'où viens-tu ?
— De prendre l'air dehors.
— Ah, ça s'appelle comme ça ? Tu es *vraiment* une garce.
— Et toi, tu es un lâche.
— Possible, dit-il. Et après ?
— Après. Rien, en ce qui me concerne.

Mais, je t'en prie, mon chéri, ne parlons pas, j'ai vraiment trop sommeil.

— Tu t'imagines que je supporterai n'importe quoi.

— J'en suis persuadée, mon trésor.

— Eh bien, tu te trompes.

— Je t'en prie, mon chéri, ne parlons pas. J'ai tellement sommeil.

— Il avait été entendu qu'il n'y aurait pas d'histoires de ce genre. Tu me l'avais promis.

— Eh bien, maintenant il y en a une, dit-elle suavement.

— Tu avais dit que si nous faisions ce voyage, il n'y aurait pas d'histoires de ce genre. Tu l'avais promis.

— Oui, mon chéri. Et je pensais qu'il en serait ainsi. Mais notre voyage a été gâché hier. Est-ce bien utile d'en parler ?

— Quand tu sens que tu as un avantage, tu n'es pas longue à en profiter, n'est-ce pas ?

— Je t'en prie, ne parlons pas. J'ai tellement sommeil, chéri.

— Je vais parler.

— Alors ne te gêne pas pour moi, parce que j'ai l'intention de dormir. » Ce qu'elle fit.

Au petit déjeuner, ils se trouvèrent attablés tous trois avant l'aube et Francis Macomber découvrit que, parmi tous les hommes qu'il avait détestés, c'était Robert Wilson qu'il détestait le plus.

« Bien dormi ? demanda Wilson de sa voix gutturale, tout en bourrant sa pipe.

— Et vous ?

— Parfaitement bien », lui répondit le chasseur blanc.

Le salaud, pensa Macomber, l'insolent salaud.

Donc elle l'a réveillé en rentrant, se dit Wilson en les observant tous les deux de ses yeux impassibles, froids. Après tout il n'a qu'à la faire se tenir à sa place ! Pour qui me prend-il, pour un foutu saint de plâtre ? Il n'a qu'à la faire se tenir à sa place. C'est sa faute.

« Croyez-vous que nous trouverons du buffle ? demanda Margot, en repoussant un plat d'abricots.

— De grandes chances, répondit Wilson en lui souriant. Pourquoi ne restez-vous pas au camp ?

— Pour rien au monde, lui dit-elle.

— Pourquoi ne pas lui donner l'ordre de rester au camp ? dit Wilson à Macomber.

— Donnez-le-lui, vous, dit froidement Macomber.

— Cessons donc de parler de donner des ordres ou — se tournant vers Macomber — de dire des bêtises, Francis, fit Margot, d'un ton très affable.

— Prêt à partir ? demanda Macomber.

— Quand vous voudrez, lui dit Wilson. Voulez-vous que la Memsahib vienne ?

— Est-ce que cela changerait quelque chose que je le veuille ou non ? »

Au diable leurs histoires, se dit Robert Wilson. Au diable toutes leurs histoires au grand complet. Ah ! c'est comme ça. Très bien, alors ça sera comme ça.

« Rien du tout, fit-il.

— Vous ne préférez vraiment pas rester au camp avec elle et me laisser chasser le buffle tout seul ? demanda Macomber.

— Peux pas faire ça, répondit Wilson. À votre place, je m'abstiendrais de dire des idioties.

— Je ne dis pas d'idioties. Je suis dégoûté.

— Drôle de mot, dégoûté.

— Francis, tâche de parler un peu plus raisonnablement, je te prie, lui dit sa femme.

— Je parle bien trop raisonnablement, répondit Macomber. A-t-on jamais mangé cuisine aussi infecte ?

« — Il y a quelque chose qui cloche avec la nourriture ? demanda Wilson, imperturbable.

— Pas plus qu'avec tout le reste.

— Je vous conseillerais de vous calmer, mon petit, dit Wilson d'une voix très calme. L'un des boys qui servent à table comprend un peu l'anglais.

— Qu'il aille au diable. »

Wilson se leva et s'en alla en tirant sur sa pipe, adressant quelques mots en swahili à l'un des porteurs de fusils qui était debout à l'attendre. Macomber et sa femme restaient assis à table. Il regardait fixement sa tasse à café.

« Mon chéri, si tu fais une scène, je te quitte, dit calmement Margot.

— Non, tu ne me quitteras pas.

— Tu peux essayer pour voir.

— Tu ne me quitteras pas !

— Non, dit-elle, je ne te quitterai pas et tu vas te tenir convenablement.

— Me tenir convenablement ? Façon de parler. Moi, me tenir convenablement !

— Oui, tiens-toi convenablement.

— Et si *toi*, tu essayais de te tenir convenablement ?

— Il y a si longtemps que j'essaie ! Tellement longtemps.

— Je déteste ce porc avec sa face rougeaude, dit Macomber. Je ne peux pas le sentir.

— Je t'assure qu'il est *très* gentil.

— Oh, *la ferme*! » fit Macomber, hurlant presque. Juste à ce moment la voiture arriva et stoppa devant la tente-salle à manger et le chauffeur en descendit, avec les deux porteurs de fusils. Wilson s'avança et considéra le mari et la femme assis là tous deux à la table.

« Venez à la chasse ? demanda-t-il.

— Oui, fit Macomber en se levant. Oui.

— Feriez bien de prendre un chandail. Il fera un peu frais dans l'auto, dit Wilson.

— Je vais aller prendre mon cuir, dit Margot.

— Le boy l'a pris », lui dit Wilson. Il monta devant avec le chauffeur, tandis que Francis Macomber et sa femme s'asseyaient sans mot dire à l'arrière.

Pourvu qu'il ne prenne pas fantaisie à cette espèce d'idiot de me faire sauter l'arrière de la tête, pensa Wilson à part lui. Les femmes sont *vraiment* une plaie dans un safari.

La voiture descendit avec des grincements, pour aller traverser le cours d'eau à un gué caillouteux, dans la lumière grise, puis gravit de biais la rive escarpée où Wilson avait fait pelleter la veille un chemin afin de leur permettre d'atteindre le terrain ondulé et boisé comme un parc qui s'étendait de l'autre côté.

Belle matinée, songeait Wilson. Il y avait une forte rosée et, comme les roues passaient à travers les herbes et les buissons nains, il pouvait sentir l'odeur des fougères écrasées. Cela ressemblait au parfum de la verveine, et il aimait cette odeur de rosée à l'aube, les fougères broyées et l'aspect des troncs d'arbres qui se détachaient en noir sur le brouillard du petit jour, tandis que la voiture se frayait un chemin à travers cette contrée vierge de toute piste et semblable à un grand parc. Il avait cessé de se faire du souci pour les deux qui étaient assis à l'arrière et pensait maintenant au buffle. Les buffles qu'il cherchait se tenaient durant le jour dans un marais bourbeux où ils étaient impossibles à tirer; mais la nuit ils sortaient pour trouver de quoi manger sur une bande de terrain déboisé et, s'il réussissait à glisser la voiture entre les bêtes et le marais, Macomber aurait là quelques chances de les tenir à portée en terrain découvert. Il n'avait pas envie de chasser le «buff'» avec Macomber dans la brousse épaisse. Il n'avait pas envie de chasser le « buff' » ni quoi que ce fût d'autre avec Macomber, dans n'importe quelles circonstances, mais il était chasseur de son métier et il avait chassé avec de drôles d'oiseaux en son temps. S'ils tuaient du buffle aujourd'hui, il ne resterait plus que le rhinocéros et le pauvre homme en aurait fini avec le gibier dangereux, et peut-être cela irait-il mieux pour lui. Il ne reverrait plus la femme, et Macomber finirait par oublier cela aussi. Elle avait dû lui en faire voir de drôles déjà, à en juger par la tournure que prenaient les choses. Pauvre type. Il doit avoir sa façon à lui de surmonter cela. Enfin, bon Dieu, c'était sa faute, à ce pauvre couillon.

Lui, Robert Wilson, emportait un lit de camp à deux places dans un safari, en prévision des bonnes fortunes éventuelles. Il avait chassé pour une clientèle particulière, le milieu sportif international des jeunes viveurs, où les femmes estimaient ne pas en avoir eu pour leur argent tant qu'elles n'avaient pas partagé cette couche avec le chasseur blanc. Il méprisait ses clients quand il était loin d'eux, bien qu'il ait sympathisé avec certains, à l'époque, mais ils étaient son gagne-pain, et il faisait siennes leurs habitudes, puisque c'étaient eux qui le payaient.

Il faisait siennes toutes leurs habitudes, sauf en ce qui concernait la chasse. Sur la manière de tuer il avait ses règles à lui et ils pouvaient ou bien s'y conformer, ou bien aller s'adresser à un autre chasseur. D'ailleurs il savait que tous le respectaient à cause de cela. Mais Macomber était un drôle de pistolet. Merde, alors. Et sa femme, donc. Eh bien, quoi, sa femme ? Eh oui, sa femme. Hum, sa femme. En tout cas, pour lui, il avait décidé de laisser tomber tout ça. Il se retourna pour les regarder. Macomber avait l'air furieux et sinistre. Margot lui sourit. Elle faisait plus jeune, aujourd'hui, plus innocente et plus fraîche, moins beauté professionnelle. Dieu sait ce qu'elle a dans le cœur, songeait Wilson. Elle n'avait pas beaucoup parlé la nuit précédente. À part ça, c'était un plaisir de la voir.

L'auto grimpa une petite pente, roula sous les arbres, puis déboucha dans une clairière couverte d'herbe qui faisait songer à la prairie, et se tint sous le couvert des arbres qui la bordaient ; le chauffeur conduisait très lentement et Wilson observait au loin avec attention l'autre côté de la prairie, sur toute son étendue. Il fit stopper l'auto et étudia la clairière avec ses jumelles. Puis il fit signe au chauffeur de repartir et la voiture continua d'avancer lentement, le chauffeur évitant les trous de phacochères et contournant les châteaux de boue que les termites avaient construits. Puis, après avoir regardé fixement l'autre côté de la clairière, Wilson soudain se retourna et dit :

« Nom de Dieu ! les voilà ! »

Alors, regardant l'endroit désigné, tandis que l'auto bondissait en avant et que Wilson parlait rapidement au chauffeur en swahili, Macomber aperçut trois énormes animaux noirs, d'une lourdeur allongée qui les faisait paraître presque cylindriques comme de gros camions-citernes noirs, et qui se déplaçaient au galop le long de la lisière opposée de la prairie, à découvert. Cous raidis, corps raidis, leur galop avait une allure rigide, et il pouvait voir sur leurs têtes le jet haut et noir des larges cornes pendant qu'ils galopaient, tête en avant ; la tête fixe.

« Ce sont trois vieux mâles, dit Wilson. Nous allons leur couper la route avant qu'ils n'atteignent le marais. »

L'auto fonçait à soixante-quinze à l'heure à

travers la clairière, et pendant que Macomber les regardait, les buffles devinrent de plus en plus gros, et bientôt, il put distinguer l'aspect gris, chauve et croûteux d'un mâle énorme et remarquer comme le cou formait bloc avec les épaules, et les cornes d'un noir brillant, alors qu'il galopait légèrement en arrière des autres, lesquels se maintenaient de front avec leur allure plongeante et régulière ; et alors, la voiture tressautant comme si elle venait de franchir une chaussée, ils se rapprochèrent et il vit l'énormité plongeante du taureau, la poussière sur son cuir aux poils clairsemés, la courbe des cornes, le mufle épaté, aux larges narines, et il épaulait sa carabine quand Wilson cria : « Pas de la voiture, espèce d'idiot ! » et il n'éprouva aucune peur, seulement de la haine pour Wilson, tandis que les freins se bloquaient et que la voiture dérapait en labourant le sol, presque stoppée d'un seul coup, avec Wilson descendu d'un côté et lui de l'autre ; il trébucha en touchant le sol encore fuyant sous ses pieds, puis il se mit à tirer sur le taureau qui s'éloignait, entendant les balles s'enfoncer dans la chair avec un *ploc* mat, vida sur lui son chargeur alors qu'il s'éloignait à bonne allure, se rappelant enfin qu'il fallait placer ses balles en avant dans l'épaule, et tout en tâtonnant hâtivement pour recharger, il s'aperçut que le taureau était tombé. Tombé sur les genoux, sa grande tête agitée de secousses ; et voyant que les deux autres galopaient toujours, il tira sur le premier et le toucha. Il tira une seconde fois, manqua, entendit le *carawang !* que rugissait le fusil de Wilson et vit l'animal de tête piquer en avant et s'affaler sur le nez.

« Prenez l'autre, dit Wilson. Voilà ce qui s'appelle tirer ! »

Mais l'autre mâle continuait à galoper à la même allure régulière et il le rata, soulevant un plumet de poussière ; Wilson le rata. Un nuage de poussière s'éleva et Wilson cria : « Venez, il est trop loin ! » et l'empoigna par le bras et de nouveau ils se retrouvèrent perchés sur l'auto, Macomber et Wilson accrochés de chaque côté du châssis, vertigineusement ballottés sur le terrain accidenté, gagnant peu à peu sur le galop régulier, plongeant, rectiligne du taureau au cou énorme.

Ils étaient derrière lui et Macomber chargeait son fusil, laissant tomber les cartouches par terre, enrayant son arme, la dégageant, et ils se trouvèrent presque à la hauteur du mâle, lorsque Wilson cria « Stop », et la voiture fit une telle embardée qu'elle faillit se retourner. Macomber fut précipité en avant et retomba sur ses pieds, poussa violemment la fermeture de la culasse et tira aussi loin en avant qu'il lui était possible de viser dans le dos rond et noir qui galopait, visa et tira encore, et encore, et encore, et les balles qui avaient toutes porté n'avaient aucun effet sur le buffle, autant qu'il pouvait en juger. Ensuite, Wilson tira, la déflagration manquant lui crever les tympans, et il vit le taureau chanceler. Macomber tira de nouveau, visant avec soin, et cette fois l'animal s'affaissa sur les genoux.

« Ça y est, dit Wilson. C'est du beau travail. On les a eus tous les trois ! »

Une exaltante ivresse envahit Macomber.

« Combien de fois avez-vous tiré ? demanda-t-il.

— Trois fois seulement, fit Wilson. Vous avez tué le premier. Le plus gros. Je vous ai aidé à finir les deux autres. J'avais peur qu'ils n'aillent se mettre à couvert. Mais en réalité vous les aviez. J'ai simplement fait un peu de nettoyage. Vous avez sacrément bien tiré.

— Allons jusqu'à la voiture, dit Macomber. J'ai besoin d'un verre.

— Faut d'abord finir ce buff'-là », lui dit

Wilson. Le buffle était sur les genoux, et quand ils s'approchèrent, il agita furieusement la tête, les yeux rapetissés par la colère, et poussa des mugissements de rage féroces.

« Attention qu'il ne se relève pas », dit Wilson. Puis : « Prenez-le un peu de flanc et tirez-le dans le cou, juste derrière l'oreille. »

Macomber visa soigneusement le milieu de l'énorme cou qui s'agitait furieusement ; le coup partit, la tête s'affaissa en avant.

« Et voilà, fit Wilson. Dans l'épine dorsale. Sacrée allure ces bêtes-là, trouvez pas ?

— Buvons un coup », dit Macomber. De sa vie il ne s'était senti aussi content.

Assise dans l'auto, la femme de Macomber était blême. « Tu as été magnifique, chéri, dit-elle à Macomber. Quelle randonnée !

— C'était dur ?

— Effrayant. Jamais je n'ai eu aussi peur.

— Buvons tous un coup ! dit Macomber.

— Comment donc ! dit Wilson. Passez-le à la Memsahib. » Elle but le whisky sec au goulot et frissonna légèrement en l'avalant. Elle passa la gourde à Macomber qui la tendit à Wilson.

« C'est terriblement excitant, dit-elle. Ça m'a donné une affreuse migraine. Mais je ne savais pas qu'on avait le droit de les tirer en auto.

— Personne n'a tiré en auto, dit calmement Wilson.

— Je veux dire : de les chasser en auto.

— L'aurais pas fait, d'ordinaire, dit Wilson. M'a paru quand même assez sport pendant qu'on y était. Plus risqué de rouler à cette allure dans un terrain plein de trous et de tout ce que vous voudrez, que de chasser à pied. Le buffle aurait pu nous charger chaque fois que nous avons tiré, s'il l'avait voulu. On lui a laissé toutes ses chances. N'en parlerais à personne, si j'étais vous, malgré tout. C'est illégal, si vous allez par là.

— Je trouve ça assez déloyal, dit Margot, de chasser ces pauvres grosses bêtes sans défense en automobile.

— J'ai fait ça ? dit Wilson.

— Qu'arriverait-il si on l'apprenait à Nairobi ?

— On m'enlèverait ma licence, et d'une. Plein d'autres désagréments, dit Wilson, qui but une rasade à la gourde. Je serais au chômage.

— Sérieusement ?

— Oui, sérieusement.

— Eh bien ! dit Macomber, et pour la première fois de la journée, il sourit. Maintenant, elle vous tient.

— Tu as vraiment une façon charmante de présenter les choses, Francis », dit Margot Macomber. Wilson les observa tous les deux. Un con qui épouse une salope, qu'est-ce que ça donnera comme progéniture ? songeait-il. Mais à haute voix, il dit simplement : «Nous avons perdu un porteur de fusils. Vous l'aviez remarqué ?

— Bon Dieu, non, dit Macomber.

— Le voilà, dit Wilson. Il n'a rien. Il a dû lâcher prise quand nous sommes repartis après le premier taureau. »

C'était le porteur de fusils, un homme d'âge mûr, qui venait vers eux en clopinant, avec une casquette de tricot, une tunique kaki, un short et des sandales de caoutchouc, le visage morne et l'air dégoûté. En s'approchant, il cria quelque chose en swahili et tous virent le changement qui se produisit sur le visage du chasseur blanc.

«Qu'est-ce qu'il dit ? interrogea Margot.

— Il dit que le premier mâle s'est remis debout et qu'il est rentré dans la brousse, fit Wilson d'une voix sans timbre.

— Ah! fit Macomber, déconcerté.

— Alors, cela va être exactement comme avec le lion, fit Margot, escomptant à l'avance ce qui allait se passer.

— Sacrément pas question que ça soit comme avec le lion, lui dit Wilson. Vouliez boire encore un coup, Macomber?

— Oui, merci », répondit Macomber. Il s'attendait à voir réapparaître en lui ce qu'il avait éprouvé à propos du lion, mais rien ne vint. Pour la première fois de sa vie, il se sentait entièrement délivré de la peur. Au lieu d'avoir peur, il ressentait une exaltation sans mélange.

« On va aller jeter un coup d'œil sur le deuxième, dit Wilson. Je vais dire au chauffeur de mettre la voiture à l'ombre.

— Qu'allez-vous faire? s'enquit Margaret Macomber.

— Jeter un coup d'œil sur le buff', répondit Wilson.

— Je vais avec vous.

— Venez. »

Ils se dirigèrent tous trois vers le deuxième buffle, dont la masse noire s'étalait à découvert, tête en avant dans l'herbe, les puissantes cornes largement écartées.

« C'est une très belle tête, dit Wilson. Pas loin d'un mètre cinquante d'envergure. »

Macomber le regardait d'un air radieux.

« Il est horrible à voir, dit Margot. Nous ne pourrions pas aller à l'ombre ?

— Mais si, dit Wilson. Regardez, dit-il à Macomber, voyez ces fourrés là-bas ?

— Oui.

— C'est là-dedans qu'est rentré le premier taureau. Le porteur de fusils a dit qu'au moment où il avait dégringolé, le buffle était à terre. Il regardait la voiture rouler à un train d'enfer et les deux autres buff' galoper. En levant les yeux il a vu le mâle debout sur ses pattes qui le regardait. Le porteur a couru comme un diable et le buffle s'en est allé tout doucement dans ces fourrés.

— On peut aller le chercher, maintenant ? » demanda avidement Macomber.

Wilson le jaugea du regard. Que je sois pendu si ce n'est pas un drôle d'oiseau, se dit-il. Hier, il est malade de frousse, et aujourd'hui il veut tout bouffer.

« Non, laissons-lui encore un moment.

— Allons nous mettre à l'ombre, je vous en supplie », dit Margot. Son visage était blême, elle avait l'air malade.

il ne voyait plus Wilson ; alors, visant soigneusement, il tira encore au moment où l'énorme masse du buffle était presque sur lui et sa carabine presque à toucher la tête qui lui arrivait dessus, mufle dehors, et il pouvait voir les petits yeux méchants et la tête commençait à s'affaisser, quand il sentit un brusque éclair aveuglant et incandescent faire explosion à l'intérieur de son crâne et ce fut tout ce qu'il ressentit jamais.

Wilson s'était jeté de côté en se baissant pour pouvoir le tirer dans l'épaule. Macomber était resté planté de pied ferme et avait tiré au museau chaque fois un peu haut, touchant les lourdes cornes, les ébréchant et les faisant voler en éclats comme des bouts d'ardoise, et Mme Macomber, de l'auto, avait tiré sur le buffle avec le Mannlicher 6,5, au moment où il semblait être sur le point d'éventrer Macomber, et avait atteint son mari à peu près cinq centimètres plus haut que la base du crâne, et légèrement de côté.

Et maintenant Francis Macomber était étendu le visage contre le sol, à moins de deux mètres du buffle qui gisait sur le flanc. Sa femme s'agenouilla près de lui, Wilson à côté d'elle.

« C'est une très belle tête, dit Wilson. Pas loin d'un mètre cinquante d'envergure. »

Macomber le regardait d'un air radieux.

« Il est horrible à voir, dit Margot. Nous ne pourrions pas aller à l'ombre ?

— Mais si, dit Wilson. Regardez, dit-il à Macomber, voyez ces fourrés là-bas ?

— Oui.

— C'est là-dedans qu'est rentré le premier taureau. Le porteur de fusils a dit qu'au moment où il avait dégringolé, le buffle était à terre. Il regardait la voiture rouler à un train d'enfer et les deux autres buff' galoper. En levant les yeux il a vu le mâle debout sur ses pattes qui le regardait. Le porteur a couru comme un diable et le buffle s'en est allé tout doucement dans ces fourrés.

— On peut aller le chercher, maintenant ? » demanda avidement Macomber.

Wilson le jaugea du regard. Que je sois pendu si ce n'est pas un drôle d'oiseau, se dit-il. Hier, il est malade de frousse, et aujourd'hui il veut tout bouffer.

« Non, laissons-lui encore un moment.

— Allons nous mettre à l'ombre, je vous en supplie », dit Margot. Son visage était blême, elle avait l'air malade.

Ils allèrent à l'endroit où se trouvait l'auto, sous un arbre solitaire au feuillage évasé, et tous montèrent dans la voiture.

« De grandes chances pour qu'il soit mort là-dedans, observa Wilson. On ira voir dans un petit moment. »

Macomber se sentit envahi par une joie folle, sauvage, qu'il n'avait jamais éprouvée auparavant.

« Nom de Dieu, c'était une belle chasse, dit-il, je n'ai jamais rien ressenti de pareil. Tu ne trouves pas que c'était merveilleux, Margot ?

— J'ai détesté cela.

— Pourquoi ?

— J'ai détesté cela, dit-elle aigrement, cela m'a répugné !

— Vous savez, je crois bien que je n'aurai plus jamais peur de rien, dit Macomber à Wilson. Il s'est passé quelque chose en moi quand nous avons aperçu le premier mâle et que nous nous sommes lancés à sa poursuite. Comme une digue qui aurait crevé. Rien que de l'excitation.

— Ça nettoie le foie, dit Wilson. Il arrive de sacrément drôles de choses aux gens. »

Macomber avait le visage épanoui. « Vous

savez, il m'est vraiment arrivé quelque chose, dit-il, je me sens complètement différent. »

Sa femme ne dit rien mais elle lui jeta un regard étrange. Elle était affalée en arrière sur le siège et Macomber se tenait penché en avant sur le sien, parlant à Wilson qui s'était tourné pour lui parler par-dessus le dossier du siège avant.

« Vous savez, j'aimerais essayer un autre lion, dit Macomber. Je n'en ai vraiment plus peur, maintenant. Après tout, qu'est-ce qu'ils peuvent vous faire ?

— Très juste, dit Wilson. Le pire qu'ils puissent vous faire, c'est de vous tuer. Comment est-ce donc, dans Shakespeare ? Voir si je peux me rappeler. Oh ! c'est sacrément fameux. Me le récitais à moi-même, dans le temps. Voyons voir : "Par ma foi, peu m'importe. On ne meurt qu'une fois. Nous devons tous une mort à Dieu et de quelque façon qu'on fasse, qui meurt cette année est quitte pour la prochaine." Sacrément formidable, hein ? »

Il se sentait très gêné d'avoir amené sur le tapis cette chose à laquelle il avait conformé sa vie, mais il en avait vu, au cours de son existence, des hommes devenir majeurs, et cela l'avait toujours remué. Ça n'avait rien à voir avec leur vingt et unième anniversaire.

Il avait fallu le hasard extraordinaire d'une chasse, le fait d'avoir été subitement précipité dans l'action sans avoir eu l'occasion de s'en préoccuper par avance, pour amener cela chez Macomber, mais, mis à part la manière dont c'était arrivé, c'était bel et bien arrivé. Regardez-moi ce type, pensait Wilson. Cela tient à ce que certains d'entre eux restent des petits garçons pendant si longtemps... Parfois toute leur vie. À cinquante ans, ils gardent encore des allures d'adolescents. Les fameux hommes-enfants américains. Drôle de peuple, bon Dieu. Mais maintenant, il lui plaisait, ce Macomber. Sacré drôle de bonhomme. Cette aventure allait probablement mettre un terme à leurs histoires de cocufiage. Eh bien ! ce serait une sacrée bonne chose. Sacrée bonne chose. Pauvre type, devait probablement avoir eu peur toute sa vie. Peut pas savoir d'où ça venait. Mais maintenant, fini. N'avait pas eu le temps d'avoir peur avec le buff'. Ça, et la colère aussi. L'auto, aussi. S'accoutume plus facilement en auto. Allait cracher feu et flammes, maintenant, bon Dieu. Il avait vu cela tourner de la même façon pendant la guerre. Plutôt une transformation qu'une perte de virginité. La peur partie, comme enlevée au bistouri. Quelque chose d'autre poussant à la place. Ce que l'homme avait de plus précieux en lui. Ce qui faisait de lui un homme. Les femmes le sentaient aussi. Plus peur de rien, sacré bon Dieu.

Du fond de son coin, Margaret Macomber les considérait tous les deux. Il ne s'était pas produit de changement en Wilson. Elle voyait Wilson comme elle l'avait vu la veille, quand elle avait compris ce qui faisait sa grande force. Mais à présent, elle voyait le changement opéré en Francis Macomber.

« Est-ce que vous ressentez aussi ce bonheur à l'idée de ce qui va arriver ? interrogea Macomber, encore tout à l'exploration de ses nouvelles richesses.

— Il vaut mieux ne pas en parler, dit Wilson, regardant l'autre dans les yeux. Fait beaucoup plus distingué de dire qu'on a peur. Et dites-vous bien que cela vous arrivera d'avoir peur, et plus d'une fois.

— Mais vous l'*avez*, cette sensation de bonheur à l'idée de ce qui va venir ?

— Oui, dit Wilson. Il y a de ça. Pas recommandé de trop en parler. Gâche tout. Plus de plaisir à rien si on va le crier à l'avance sur les toits.

— Quand vous aurez fini de dire des idioties, fit Margot. Sous prétexte que vous avez chassé de pauvres bêtes sans défense en auto, vous vous prenez pour des héros.

— Désolé, dit Wilson. J'ai trop jacassé. » Cette histoire la tracasse déjà, se dit-il.

« Si tu ne sais pas de quoi nous parlons, pourquoi t'en mêler ? dit Macomber à sa femme.

— Tu es devenu bien courageux, bien subitement », dit sa femme d'un ton de mépris, mais son mépris manquait d'assurance. Elle avait très peur de quelque chose.

Macomber se mit à rire, d'un rire très jovial et très naturel. « Ça, c'est vrai, figure-toi, dit-il. C'est tout à fait vrai.

— Est-ce qu'il n'est pas un peu tard ? » dit Margot avec amertume. Parce que depuis des années elle avait fait de son mieux et que s'ils en étaient là maintenant, ce n'était pas particulièrement la faute de l'un ou de l'autre.

« Pas pour moi », dit Macomber.

Margot ne dit rien, mais s'enfonça dans son coin.

« Croyez-vous que nous lui avons laissé assez

de temps ? demanda allégrement Macomber à Wilson.

— On peut aller jeter un coup d'œil, dit Wilson. Est-ce qu'il vous reste des balles ?

— Le porteur de fusils en a. »

Wilson cria quelque chose en swahili et le plus âgé des porteurs de fusils, qui était occupé à dépouiller l'une des têtes, se leva, tira de sa poche une boîte de balles et l'apporta à Macomber ; ce dernier chargea son fusil et mit les balles qui restaient dans sa poche.

« Vous feriez aussi bien de vous servir du Springfield, dit Wilson. Vous y êtes habitué. On va laisser le Mannlicher dans la voiture avec la Memsahib. Votre porteur de fusils pourra se charger du plus lourd. Moi, j'ai ce foutu obusier. Et maintenant, que je vous apprenne quelques petites choses sur eux. » Il avait gardé cela pour la dernière minute afin de ne pas inquiéter Macomber. « Quand un buff' s'amène sur vous, il tient la tête dressée et le cou complètement allongé. La bosse des cornes couvre la cervelle et empêche la balle d'entrer par là. Le seul endroit, c'est en plein dans le nez. Le seul autre, c'est dans la poitrine ou encore, si vous l'avez de flanc, dans le cou ou les épaules. Après qu'ils ont été touchés une fois, ils sont durs comme un diable à tuer. Surtout pas de fantaisies. Tirez au plus facile. Voilà qu'ils ont fini de dépouiller cette tête. On y va ? »

Il appela les porteurs de fusils qui vinrent en s'essuyant les mains, et le plus vieux monta derrière.

« Je prends seulement Kongoni, dit Wilson. L'autre fera le guet, pour éloigner les oiseaux. »

Tandis que l'auto avançait lentement à travers le terrain découvert en direction de l'îlot broussailleux coiffé d'arbustes qui rejoignait une langue de feuillages située le long du cours d'eau asséché qui coupait la prairie, Macomber sentit son cœur cogner à grands coups et sa bouche était sèche comme la première fois, mais c'était la surexcitation, pas la peur.

« C'est par ici qu'il est entré », dit Wilson. Puis au porteur de fusils, en swahili : « Suis les traces de sang. »

La voiture était arrêtée parallèlement au fourré. Macomber, Wilson et le porteur de fusils descendirent. Jetant un regard en arrière, Macomber vit sa femme qui le regardait, le fusil à côté d'elle. Il lui fit signe de la main et elle ne répondit pas.

La brousse devant eux était très épaisse et le sol était sec. Le porteur de fusils entre deux âges suait abondamment. Wilson avait rabattu son chapeau sur ses yeux et son cou rouge apparaissait juste en avant de Macomber. Soudain le porteur de fusils dit quelque chose en swahili à Wilson et courut en avant.

« Il est mort là-dedans, dit Wilson. C'est du beau travail. » Il se retourna pour empoigner la main de Macomber et au moment où ils se serraient la main, en se souriant mutuellement, le porteur de fusils se mit à hurler comme un possédé et ils le virent sortir des fourrés et courir de côté à toute vitesse comme un crabe, avec le taureau qui fonçait, mufle dehors, bouche serrée, ruisselant de sang, sa tête massive tendue, qui s'amenait en chargeant, les regardant de ses petits yeux de cochon injectés de sang. Wilson, qui était devant, s'agenouilla et tira, et Macomber, tirant sans entendre la détonation de sa carabine dans le fracas du fusil de Wilson, vit sauter de l'énorme bosse des cornes des éclats semblables à de l'ardoise, puis la tête se releva en une violente secousse ; il tira une seconde fois sur le large mufle, vit de nouveau tressauter les cornes et voler des éclats ; maintenant il ne voyait plus Wilson ; alors, visant soigneusement, il tira encore au moment où l'énorme masse du buffle était presque sur lui et sa carabine presque à toucher la tête qui lui arrivait dessus, mufle dehors, et il pouvait voir les petits yeux méchants et la tête commençait à s'affaisser, quand il sentit un brusque éclair aveuglant et incandescent faire explosion à l'intérieur de son crâne et ce fut tout ce qu'il ressentit jamais.

Wilson s'était jeté de côté en se baissant pour pouvoir le tirer dans l'épaule. Macomber était resté planté de pied ferme et avait tiré au museau chaque fois un peu haut, touchant les lourdes cornes, les ébréchant et les faisant voler en éclats comme des bouts d'ardoise, et Mme Macomber, de l'auto, avait tiré sur le buffle avec le Mannlicher 6,5, au moment où il semblait être sur le point d'éventrer Macomber, et avait atteint son mari à peu près cinq centimètres plus haut que la base du crâne, et légèrement de côté.

Et maintenant Francis Macomber était étendu le visage contre le sol, à moins de deux mètres du buffle qui gisait sur le flanc. Sa femme s'agenouilla près de lui, Wilson à côté d'elle.

« À votre place je ne le retournerais pas », dit Wilson.

La femme sanglotait hystériquement.

« J'irais dans la voiture, poursuivit Wilson. Où est le fusil ? »

Elle secoua la tête, le visage crispé. Le porteur de fusils ramassa l'arme.

« Laisse-le où il est », dit Wilson. Puis : « Va chercher Abdullah, qu'il puisse témoigner de la façon dont l'accident s'est produit. »

Il s'agenouilla, tira un mouchoir de sa poche et le déploya sur la tête aux cheveux ras de Francis Macomber, là où elle gisait. Le sang s'infiltrait dans la terre meuble desséchée.

Wilson se releva et vit le buffle couché sur le flanc, les pattes étendues, son ventre aux poils clairsemés grouillant de tiques. Sacré beau mâle, enregistra automatiquement son cerveau. Largement un mètre cinquante, ou plus. Plus. Il cria au chauffeur d'étendre une couverture sur le corps et de rester à côté. Ensuite, il alla vers la voiture dans laquelle la femme était assise, pleurant dans son coin.

« Très joli ce que vous avez fait là, dit-il d'une voix sans timbre. C'est *vrai* qu'il vous aurait quittée, en plus.

— Taisez-vous, dit-elle.

— Bien sûr, c'était un accident, dit-il. Je le sais.

— Taisez-vous, dit-elle.

— N'ayez pas d'inquiétude, fit-il. Il y aura quelques désagréments à subir, mais je vais faire prendre des photos qui seront très utiles pour l'enquête. Il y aura aussi les témoignages des porteurs de fusils et du chauffeur. Vous vous en sortirez très bien.

— Taisez-vous, dit-elle.

— Il y a un sacré boulot à faire, dit-il. Et je vais être forcé d'envoyer une camionnette jusqu'au lac demander un avion par sans-fil pour nous transporter tous les trois à Nairobi. Pourquoi ne l'avez-vous pas empoisonné ? C'est ce qu'on fait, en Angleterre.

— Taisez-vous. Taisez-vous. Taisez-vous. » La femme sanglotait.

Wilson la considéra de ses yeux bleus sans expression.

« J'ai fini, maintenant. J'étais un peu en colère. Je commençais à aimer votre mari.

— Oh, s'il vous plaît, taisez-vous, dit-elle. S'il vous plaît, s'il vous plaît, taisez-vous.

— Voilà qui est mieux, dit Wilson. "S'il vous plaît" est beaucoup mieux. Maintenant je me tais. »

Composition Bussière
Impression Novoprint
à Barcelone, le 19 septembre 2018
Dépôt légal : septembre 2018
1er dépôt légal dans la collection : avril 2008

ISBN 978-2-07-034952-4/Imprimé en Espagne.

343109